Herbert M. Winter

Wie Bodo K. die Welt veränderte

Roman

Bibliografische Information der Deutschen Nationalbibliothek: Die Deutsche Nationalbibliothek verzeichnet diese Publikation in der Deutschen Nationalbibliografie; detaillierte bibliografische Daten sind im Internet über dnd.dnd.de abrufbar.

copyright 2019 Herbert M. Winter

Herstellung und Verlag:
BoD - Books on Demand, Norderstedt

ISBN 9783750415515

„Seht! Ich zeige Euch den letzten Menschen. Was ist Liebe? Was ist Schöpfung? Was ist Sehnsucht? Was ist Stern? - so fragt der letzte Mensch und blinzelt. Die Erde ist dann klein geworden, und auf ihr hüpft der letzte Mensch, der alles klein macht".

„Also sprach Zarathustra", Friedrich Nietzsche

„Endlich Platz"

unbekannt

Schade Kurt

1

Alles begann vor 30 Jahren.

Es war ein beschissener Tag im Büro. Der kleine Abteilungsleiter Bodo K., mittelgroß, mit blondem, schon leicht schütterem Haar, eher unscheinbar, leitet die kleine Abteilung „Kfz-Diebstahl". Kein wirklich aufregender Job für ihn und seine fünf Mitarbeiter. Eher alles Routine.

Nur die Zahl der Fälle, sprich die Diebstähle, nimmt zu, dank der „keyless-go-Systeme". Geradezu eine Einladung für Profis, hochwertige Autos zu stehlen. Und davon machen sie ausgiebig Gebrauch.

Bei diesen schlüssellosen Türöffnern sendet der Schlüssel in der Hosentasche einen elektronischen Impuls, signalisiert dem Auto, dass der rechtmäßige Besitzer kommt, öffnet die Tür und lässt sich anschließend starten. Eine nette Erfindung, die Bodo K. den Arbeitsplatz sichert.

Der Dieb kann nämlich mit einem Reichweiten- verlängerer den Code des im Haus oder in der

Wohnung liegenden Schlüssels auslesen, in einen Passepartout übertragen und damit das Auto geräuschlos öffnen und wegfahren. Erst diese Woche hatten sie wieder sechs neue Fälle auf dem Tisch.

Die Tür knallt auf, alle in dem Großraumbüro fahren herum. Der Hauptabteilungsleiter kommt strammen Schrittes herein, baut sich vor Bodo K. auf und blickt verärgert auf ihn herunter. Der springt auf.

„Herr K.", knurrt laut der Hauptabteilungsleiter (er ist der Einzige weit und breit, der laut knurren kann) „haben Sie sich mal die Fallzahlen dieses Jahres angesehen. Die Schadensfälle in Ihrer Abteilung sind um sage und schreibe 22% gestiegen". Pause.

„Ich gehe mal davon aus, dass Ihnen das bereits aufgefallen ist und dass Sie darüber nachgedacht haben, was dagegen zu tun ist". Pause.
„Nein – dacht ich's mir".

Bodo K. ist wie erstarrt. Schon als die Tür aufknallte und er seinen Hauptabteilungsleiter sah, sackte ihm das Blut aus dem Kopf. So geht ihm das immer, wenn er Unheil erwartet. Er kriegt dann keinen klaren Gedanke mehr zu fassen. Als würde ein Schalter in seinem Gehirn auf „außer Betrieb" umstellen. Er kann seinen Chef nicht mal ansehen, sondern starrt mit seinen graublauen Augen Antworten suchend auf seinen Schreibtisch.

Meier von „A – K" will ihm zu Hilfe kommen. „Die Schadensfälle sind bei allen Versicherern angestiegen", wirft er in den Raum.

„Ich kann mich nicht erinnern, mit Ihnen gesprochen zu haben" blafft der Hauptabteilungsleiter.

„Herr K., von Ihnen erwarte ich, dass Sie nicht nur Fälle abwickeln, sondern sich auch überlegen, wie Sie den Schaden, den unser Unternehmen zu tragen hat, minimieren können. Ich will zeitnah Ihre Vorschläge sehen". Er schnauft noch mal missbilligend, dreht sich um und geht rasch, wobei er die Tür natürlich offen lässt.

Alle schauen auf Bodo K., warten auf irgendeine Reaktion. Doch der starrt nur weiter auf seinen Schreibtisch, wie gelähmt.

Meier macht die Tür zu „da werden wir uns etwas einfallen lassen müssen".

Bodo schaut waidwund in die Runde, blickt in ablehnende bis mitleidvolle Augen. Mechanisch hat er sich hingesetzt. Jetzt steht er wieder auf, packt seine Sachen und verlässt das Büro.

Natürlich ist ihm klar, dass er sich absolut falsch verhält. Er könnte sich schon für seine Passivität bei dem polternden Auftritt seines Chefs ohrfeigen. Aber er kann nicht dagegen an. Hat es schon hundertmal versucht.

Der reibt sich die Hände und lächelt bissig vor sich hin, als er in sein Büro zurückgeht.

„Ich muss dem K. Druck machen, seine Abteilung auf Vordermann bringen, die schlafen sonst ganz ein. K. muss weg, ich kann den nicht mehr sehen, mit seiner leidenden Fresse. Und von dem kommt auch nichts, keine Ideen, keine Eigeninitiative. Vielleicht sollte ich den Meier ein bisschen kitzeln, damit der ihn weggrault, weil er Nachfolger werden will".

So denkt er vor sich hin, während er sich automatisch eine Zigarette ansteckt. „Natürlich auch verboten", fällt ihm wieder ein. Angeblich schlagen die Rauchmelder an und lösen einen teuren Feuerwehreinsatz aus.

„Na, wer's glaubt. Alles Schikane. Ich setze mich jedenfalls nicht in diesen schäbigen Raucherraum". So denkt er übellaunig vor sich hin und macht die Zigarette wieder aus. Es ist ja nicht so, dass er ein tyrannischer Chef sein will. Aber manchmal muss man die Daumenschrauben anziehen, diese Beamtenmentalität greift sonst immer mehr um sich.

Heute hatte er allerdings einen handfesten Grund für seinen Auftrag, denn in aller Herrgottsfrüh kam sein Chef, das „Mitglied des Vorstandes „Sachversicherungen" zu ihm, um ihn, den Hauptabteilungsleiter „Sach", darauf hinzuweisen, dass seine Unternehmenssparte, sein Geschäftsfeld, einen Ertragsrückgang von sage und schreibe 8% zu verzeichnen hätte.

Wie soll er das gegenüber dem Gesamtvorstand vertreten. Hier müssten dringend die Gründe eruiert und eine positive Änderung herbeigeführt werden.
Die eindringliche Bitte geht an den Hauptabteilungsleiter, auf den man große Hoffnungen setze, ein vorstandsreifes Strategiepapier zu erstellen. Auch mögliche Synergieeffekte seien in die Betrachtungen einzubeziehen.

Was soll er da machen? Genau – also hat er eine Runde durch seine Abteilungen gedreht und die alle mal auf Vordermann gebracht. Schließlich will er in drei bis vier Jahren selbst in den Vorstand.

2

Bodo K. ist mittlerweile in seinen Passat gestiegen, fährt aber nicht los. Er hat den Kopf auf das Lenkrad gelegt. Ihm ist schlecht, als hätte man ihm den Boden unter den Füßen weggezogen.

„Ich bin jetzt 44 Jahre alt", grübelt er vor sich hin, „44 Jahre, habe eine solide Ausbildung als Versicherungskaufmann, sogar an der Versicherungsakademie studiert und komme trotzdem nicht voran, im Gegenteil."

Er fühlt deutlich, dass ihn der Hauptabteilungsleiter absägen will. Und Druck verträgt er überhaupt nicht. Das verursacht ein ständiges Magenkribbeln bei ihm, das ihn lähmt, regelrecht paralysiert.

Nach Hause will er nicht, kann er jetzt noch nicht. Er beschließt an den nahe gelegenen Rhein zu fahren und dort spazieren zu gehen, um auf andere Gedanken zu kommen. Aber er kommt nicht auf andere Gedanken. Ganz im Gegenteil. Er ahnt ja woran es liegt, dass er so wenig Rückgrat hat, dass er so schnell einknickt. Sein Vater hat einen Großteil dazu beigetragen. Er war Installateur, ein ziemlich guter, so weit er das weiß. Die Woche über unterwegs auf verschiedenen Baustellen, mit seinen zwei Leuten, Bernd und Willi. Am Wochenende zu Hause. Samstag war immer „Haustag", wie er es nannte. Da machte er Arbeiten an seinem eigenen Haus. Damit auch der Bub etwas lernt. Er soll ja schließlich mal die Firma übernehmen. So wurde Bodo, der Bub, als 13, 14-jähriger, Assistent seines Vaters.

„Die Schraube nicht zu fest anziehen, gibt sonst Spannung. Gib mir mal den Inbusschlüssel, nein nicht den, das ist doch kein Inbusschlüssel, dort, den 8er. Nein, das ist doch nicht der 8er. Kannst Du denn nicht den 6er von einem 8er unterscheiden. Herrgott, Wilma, das wird nie etwas mit dem. Wie soll der denn mal in meinem Laden arbeiten?"

So ging das fast immer. Es graute Bodo schon vor dem Samstag. Er hasste diesen ganzen Handwerks-kram. Nie, niemals werde ich so was später machen.

Wenigstens da hatte Bodo K. Standfestigkeit und auch Geschick bewiesen. Er fing nämlich frühzeitig an, seine Mutter auf seine Seite zu ziehen. Das erwies sich als Segen. Er durfte sein Abitur machen und dann etwas lernen, bei dem man keine dreckigen Hände bekam.

Vater war stinkesauer „Du wirst auch dort Deinen Mann stehen müssen und da sehe ich schwarz". Das hatte er ihm noch mit auf den Weg gegeben. Danach wurde das Thema nicht mehr angesprochen. Aber es war in ihm drin. Immer wieder kommen diese Selbstzweifel in ihm hoch. Und er kann nicht dagegen an, kann nur so tun als ob.

Auch mit seiner Familie steht es nicht zum Besten. Vor allem mit seiner Frau hat er so seine Probleme. Ihm fällt wieder die Szene ein, als er vor ein paar Jahren früher nach Hause gekommen war. Warum, weiß er nicht mehr.

Er hatte die Haustür aufgeschlossen und schon im Flur die keifende Stimme seiner Schwiegermutter gehört „…mal an, was aus Dir geworden ist. Du warst eine begabte Pianistin, die Welt hätte Dir offen gestanden. Und jetzt hockst Du hier, in diesem kleinen Häuschen, machst sauber und wäschst für diesen… diesen…".

Bodo stand immer noch im Flur. Die Aktentasche in seinen verkrampften Händen. Äußerlich ruhig, nur seine Halsschlagader pochte etwas stärker und als er seine Tasche abstellte, zuckte seine rechte Hand unkontrolliert. Er machte drei hastige Schritte in die Küche. Dort stand sie – seine Feindin, seit er sie kannte. Ihr hochroter Kopf, sonst mit gackernden Bewegungen, um ihre ewigen Tiraden zu unterstützen, war zu ihm herumgezuckt.

„Loser" sagte Bodo.
„Was?" fragte der Kopf.
„Loser" ist das Wort, das Du suchst. Und ich möchte Dich bitten, jetzt zu gehen". Bodo's Augen waren dunkel vor Zorn.

„Nur damit eines klar ist" der Kopf zuckte nach vorn „ich habe meine Tochter besucht und nicht Dich" und ihre Hände ruderten durch die Gegend.

„Mama jetzt beruhige Dich mal. Ich glaube, es ist wirklich am besten, wenn wir uns ein anderes Mal weiter unterhalten".

Der Kopf ruckte hin zur Tochter, her zum Schwiegersohn, schnaubte noch einmal auf und verschwand durch die zuknallende Haustür.

„Weiter unterhalten" Bodo starrt verärgert auf seine Frau „unterhalten nennst Du das?! Ich nenne das üble Beschimpfung, Stimmungsmache. Du hättest Deiner Giftkröte ruhig mal etwas erwidern können".

„Erstens bin ich gar nicht dazu gekommen und außerdem – so ganz unrecht hat sie ja nicht. Schließlich habe ich das Klavierspielen für Dich aufgegeben".
„Du hast das Klavierspielen für mich aufgegeben?! Das ist ja wohl das Letzte! Du hast aufgehört, als die Kinder kamen. Und über die Frage, wer sich um Haus und Kinder kümmert, haben wir doch damals ausgiebig gesprochen. Einzig und allein ausschlaggebend war doch, dass ich mehr verdient habe und wir ein stabiles Einkommen brauchten".

Bodo ist zutiefst empört.

„Ja und, was ist jetzt mit Deinem so großartigen Einkommen? Nix ist, wir haben nie genug Geld. Jeden Cent muss ich zweimal umdrehen und ohne meine Klavierstunden und ab und zu mal ein paar Euro von meiner Mutter kämen wir überhaupt nicht rum".

Ihre Augen ruhen verächtlich und auffordernd zugleich auf Bodo. Sie weiß, dass sie seine

Schwachstelle getroffen hat. Und er weiß es auch. Er schrumpft, nickt resignierend, dreht sich noch einmal um, Luft holend, als wolle er etwas sagen, und zieht sich in seinen Keller zurück.

Ja, denkt er jetzt, damals fing es an. Seine Frau kann ihm wunderbar ein schlechtes Gewissen verschaffen, weil der Boden in ihm bestens vorbereitet war.

Er hatte sich nach dieser Auseinandersetzung auf den intern ausgeschriebenen Posten des Abteilungsleiters beworben und ihn entgegen aller Erwartungen auch bekommen. Was hatte ihm das gut getan. Allerdings betrug der Mehrverdienst gerade mal 300 Euro im Monat, brutto. Seine Frau tat das mit einer verächtlichen Handbewegung ab. Er war immer noch der „Loser", aber jetzt diesem Beißer von Hauptabteilungsleiter ausgeliefert.

Er ist kurz davor, in sein vertrautes Selbstmitleid zu verfallen. Dann gibt er sich einen Ruck. Du bist Abteilungsleiter, sagt er sich, also fang endlich an, wie eine Führungskraft zu denken. Und er denkt, beschließt, gleich morgen Vormittag einen kleinen workshop mit seinen Mitarbeitern zu machen, ein brainstorming.

Dann soll Meier, nein nicht Meier, der ist ihm zu eifrig, besser Frau Grohe, eine Zusammenfassung machen. Daraus wird er ein Konzept entwickeln. Das sollte bis Freitag fertig sein. Am Wochenende wird er noch mal darüber nachdenken und es am Montag, nein lieber am Dienstag, dem Hauptabteilungsleiter präsentieren.

Ja, so will er es machen. Und danach wird er in aller Ruhe die Lage auf dem Arbeitsmarkt sondieren. In dieser Firma, mit diesem Chef, hat er keine Perspektive.

Er ist jetzt erstmal erleichtert, dass er immerhin einen Plan hat, der sich auch noch ganz vernünftig anhört. Gleich morgen früh will er das angehen. Und wenn das alles geklappt hat, vielleicht schon Ende nächster Woche, fährt er ganz alleine, ohne Familie, an den Gardasee und entspannt dort ein paar Tage. Man sollte sich auch mal selbst belohnen. Es geht ihm jetzt schon wieder besser.

Gegen 6 Uhr abends ist er wie üblich zu Hause. Er wohnt mit seiner Frau und seinen zwei Kindern, Eva und Chris. 8 und 10 Jahre alt, in einem kleinen Reihenhaus in der Nähe von Wiesbaden. Sie haben es vor acht Jahren gekauft. Es war günstig, sonst hätte er sich das gar nicht leisten können. Trotzdem haben sie noch jede Menge Schulden.

Zu seinen Kindern hat er ein zumindest in letzter Zeit, nun ja, ein irgendwie zwiespältiges Verhältnis. Als sie noch kleiner waren, also noch nicht zur Schule gingen, unternahmen sie am Wochenende immer mal was zusammen. Besonders gefragt war der Zoo. Daran erinnert er sich noch gut.

Ihr schauderndes Interesse galt vor allem den Großkatzen, ganz vorne die Löwen. Schon zu Hause noch heizte er Chris und Eva mit martialischem Gebrüll, den Löwen imitierend, an. Sie rannten dann mit Entsetzensschreien und aufgestellten Nacken-haaren durchs Haus. So eingestimmt konnten sie es gar nicht mehr abwarten, vor das Löwengehege zu kommen.

Dort standen sie mit vor Spannung angehaltenem Atem und starrten voll freudiger Angst auf den einzigen Löwen mit der großen dunklen Mähne. Normalerweise döste der, wie sein ganzes Rudel, faul in der Sonne. Aber ausgerechnet bei ihrem allererersten gemeinsamen Besuch im Zoo lief der riesige Löwe unruhig herum und brüllte plötzlich markerschütternd in Richtung der Kinder.

Bodo hätte es nicht besser inszenieren können. Chris und Eva schrieen auf, sprangen entsetzt ein paar Schritte zurück und klammerten sich an Bodo. Wochenlang war dieser einzige Löwenbrüller das beherrschende Thema. Immer wieder musste Bodo zu Hause den Löwen geben. Die Kinder kreischten schon vor Vergnügen, wenn er auch nur die beiden Arme wie Tatzen angewinkelt an seine Brust legte.

Aber der Löwe brüllte nie wieder und das Interesse nahm mit der Zeit ab. Irgendwann später war Bodo dann aufgefallen, dass er mit seinen Kindern besonders dann gut klar kam, wenn er mit ihnen alleine unterwegs war. Sobald seine Frau mitkam, lief alles anders. Jetzt wurde sie gefragt, sie entschied wo man hinging, wo gegessen wurde, wann man nach Hause aufbrach. Er war nur noch dabei, ein Mitläufer.

Woran das lag, war ihm nicht so recht klar. Eigentlich bis heute nicht. Aber er hatte sich in diese Rolle eingefügt. Anfänglich versuchte er noch, sich mit eigenen Ideen einzubringen, aber seine Frau hatte immer irgendetwas daran auszusetzen. Und schließlich gab er auf.

„Du verdienst einfach nicht genug" sagt sie ihm, wenn das Konto mal wieder überzogen ist und er ihr zarte Vorhaltungen macht. „Wie soll ich mit dem bisschen Geld auskommen. Die Kinder brauchen Schuhe und Sportsachen für die Schule und ich möchte mir auch ab und zu etwas Neues kaufen. Sieh endlich zu, dass Du an Deiner Karriere arbeitest". So oder so ähnlich geht das jetzt schon seit einigen Jahren.

Oh, er hasst sie dafür. „Versager" hat sie zwar noch nicht zu ihm gesagt, aber es liegt in der Luft. Auch ihr Umgang mit den Kindern macht ihn wütend. Sie ist oft ungeduldig, kritisiert immer wieder an ihnen herum, hat selten ein liebes Wort für sie. Erst gestern hatte sie die 8-jährige Tochter bösartig angepflaumt, weil sie den Abendbrottisch nicht richtig eingedeckt hatte. Dabei liegt sie wahrscheinlich den ganzen Nachmittag auf der Couch und guckt sich diese dämlichen Kochshows an. Er hatte nicht mehr hervorgebracht als „das muss jetzt aber wirklich nicht sein".

Worauf sie mit ihrer in letzter Zeit immer keifigeren Stimme ein „halt Du Dich da raus, Du bist ja eh den ganzen Tag nicht da" ausstieß. Und er hatte wieder mal zurückgesteckt. Überhaupt fallen ihm zunehmend Parallelen zu seiner verhassten Schwiegermutter auf.

Das Abendessen verläuft dann in bleierner Stummheit. Die Stille lastet wie ein riesiger Felsbrocken auf ihm, auch weil er das Gefühl hat, er müsste als Vater eine andere Rolle spielen. Irgendwie ausgleichen, Freude vermitteln, Souveränität ausstrahlen. Er kann das nicht.

Stattdessen bringt er dann später die Kinder ins Bett und versucht gute Stimmung zu machen. Sie schauen ihn nur schweigend an, und er kann in ihren Augen lesen, dass sie ihn für schwach halten. Kein Bestimmer, kein Vater, der ihnen ein gutes zu-Hause-Gefühl vermitteln kann. Wenn er darüber nachdenkt, und das tut er manchmal in einer ruhigen Minute, dann fühlt er sich absolut mies, so leer, wie ein ausgetrocknetes Flussbett.

Auf erschreckende Weise wird ihm deutlich, dass es so nicht mehr weiter gehen kann. Er entfremdet sich nicht nur von seiner Frau, sondern auch immer mehr von seinen Kindern. Vielleicht sollte er auch über seine familiäre Situation mal nachdenken und einen Plan fassen. Italien wäre eigentlich eine gute Gelegenheit.

Danach zieht er sich auf die Fernsehcouch zurück. Heute gibt es „house of cards", eine seiner Lieblingsserien. Vor allem, weil der jetzt „Mister President" gewordene ehemalige Fraktionschef ein so imponierendes Durchsetzungsvermögen hat. Das hätte er auch gerne.

Ein paar Mal schon hatte er versucht, natürlich nur zu Hause, das Verhalten zu imitieren. Aber seine Frau hatte ihn nur spöttisch angesehen. "Spinnst Du jetzt völlig" war ihre einzige Reaktion.

Jetzt steht sie plötzlich neben ihm und schaut ihm über die Schulter. „Schau Dir doch mal die Kleider an, die die trägt. Und wie die leben. Die brauchen bestimmt nicht jeden Cent umzudrehen".

Er ist versucht ihr zu sagen, dass das ja auch der Präsident der Vereinigten Staaten sei. Denkt dann aber, bringt eh nichts und schweigt vor sich hin.

***

3

Eine Woche später macht er sich auf den Weg Richtung Italien. Das brainstorming hatte in der Tat einige gute Ansätze gebracht und sein Konzept, das er am Dienstag dem Hauptabteilungsleiter vorgestellt hatte, kam gut an. So gut, dass der ihm einen anerkennenden Blick zuwarf, mit der Bemerkung „hätte ich nicht erwartet. Das sind ja ganz brauchbare Ideen".

Bodo K. konnte es nicht verhindern – er fühlte so etwas wie Stolz, wie ein kleiner Junge. Und ärgerte sich gleichzeitig, dass er als 44-jähriger Mann so empfand. Aber jetzt war das egal. Er wollte diese Fahrt nutzen, um nicht mehr an seinen Job zu denken.

Hinter München nimmt er die Ausfahrt „Tegernsee", fährt rechts herum, um die überlaufenen Orte zu meiden und macht sich auf den Weg zum Achensee. Der vier Jahre alte Passat schnurrt gemütlich vor sich hin. Die Sonne scheint und er fühlt sich rundherum wohl. Keiner knurrt, Keine keift und er freut sich schon mal auf sein Mittagessen.

Seit Jahren fährt er auf seiner Tour nach Italien hier vorbei, isst in einem kleinen Lokal direkt am See, immer das Gleiche. Rahmschnitzel mit Bratkartoffeln. Er mag diese Vorhersehbarkeit.

Den grünen See vor sich, die Berge dahinter, überkommt ihn eine tiefe Ruhe. Er hatte schon immer eine große Vorliebe für Wasser und Berge.

Das ist auch der Grund für seine Liebe zum Gardasee. Schon von jeher fühlte er eine tiefe Zuneigung zu Italien, vor allem Norditalien. Es waren nicht nur die wunderschönen Landschaften, das mediterrane Klima oder das Essen. Diese Beziehung ging tiefer, ohne dass er sie erklären könnte. Vielleicht kamen seine Vorfahren aus Italien, trotz seiner blonden Haare. Jedenfalls erfüllte ihn eine tiefe innere Harmonie, wenn er die schroffen Berge hinter dem immer wieder seine Farben verändernden See sieht. Besonders die im Abendlicht wundervoll abgestuften Schatten vor dem dunkel glitzernden See und den mystischen Lichtern am Seeufer haben es ihm angetan.

Nach dem Essen trinkt er noch einen Espresso, steigt in sein Auto und nimmt die letzten 300 km in Angriff.

In Affi fährt er von der Autobahn runter. Es ist jetzt richtig warm. Er macht das Fenster auf und genießt die milde Luft. Als er in Costermano den Berg runterfährt und zum ersten Mal seit einem Jahr wieder den Gardasee erblickt, wird ihm ganz warm ums Herz. Es ist, als käme er nach Hause.

Hier hat er für die paar Tage oberhalb von Garda in einem kleinen Hotel mit Blick auf den geliebten See und einem für italienische Verhältnisse ordentlichen Frühstück ein Zimmer gebucht. Seine Probleme liegen jetzt erstmal weit hinter ihm. Seit langer Zeit fühlt er sich wieder rundherum wohl.

Am nächsten Tag gönnt er sich ein ausgiebiges Frühstück, sogar mit Rührei (das hier treffend „strapazzato" heißt) und Bacon. Er sitzt auf der Terrasse, lässt sich von der am Morgen noch milden Sonne bescheinen und genießt den Ausblick.

Nach dem Frühstück beschließt er, einen Ausflug auf den Monte Baldo zu machen. Er will heute über nichts nachdenken. Hat eh die Erfahrung gemacht, dass Probleme emotionaler Art besser vom Unterbewusstsein als vom Verstand gelöst werden.

Er fährt die Uferstraße entlang, der See liegt direkt links von ihm. Auf der Höhe von Malcesine sind bereits jede Menge Surfer und Kiter unterwegs. Er beneidet sie.

Kurz nach Salo biegt er in das Monte Baldo-Gebiet ab. Eine Traumstrecke mit grandiosem Blick in die Bergwelt Norditaliens. Auf kleinen, kurvenreichen Sträßchen geht es immer höher. Die Landschaft verändert sich – in den unteren Regionen des mächtigen Bergmassivs finden sich vor allem große Olivenhaine und Steineichen. Je weiter Bodo nach oben fährt, um so spärlicher wird die Flora. Mächtige Felsbrocken liegen am Straßenrand. Zum Glück ist wenig Verkehr. Nur gelegentlich begegnen ihm Motorradfahrer. Vereinzelt sieht er auch Leute, die sich mit ihrem Fahrrad hoch kämpfen. Müssen Profis sein.

„Hier mit einem kleinen Sportwagen hochzudüsen" denkt er, „das wäre ein Traum".

Sein Ziel ist die Trattoria „Bocca di Navene", oberhalb von Malcesine in 1.800 m Höhe. Direkt auf ein Felsplateau gebaut. Mit fantastischer Aussicht – wenn das Wetter mitspielt. Heute ist das so. Er sitzt auf der Terrasse und kann bis auf den Gardasee herunterschauen, auch der kleine Ort direkt am Ufer ist gut zu erkennen. Im Schatten ist es zwar noch kühl, aber die Sonne scheint und hier sind es angenehme 25°.

Er isst eine Kleinigkeit zu Mittag, trinkt ein Viertel Vino de la Casa und macht danach einen kurzen Spaziergang . Nach etwa einer halben Stunde findet er ein schönes sonniges Plätzchen auf einer kleinen Lichtung. Er legt sich in die wärmende Sonne und schläft ein.

***

4

Als er aufwacht ist er völlig benommen. Hat drückende Kopfschmerzen. Als wäre ein Luftkissen in seinem Kopf, das immer weiter aufgepumpt wird. Er stöhnt leise auf, massiert sich die Schläfe. Das hilft ein bisschen. Dennoch braucht er eine Weile, sich zu orientieren.

Dann fällt ihm auf, dass es kalt ist, richtig kalt, nur ein paar Grad über Null. Zwar scheint die Sonne, aber irgendwie hat er das Gefühl, dass es nicht Spätnachmittag ist, sondern früher Morgen. Er kann doch nicht die ganze Nacht hier gelegen haben.

Sein Blick fällt auf seine Kleidung; zwar ist sie nicht mehr ganz sauber, sieht aber auch nicht so aus, als hätte er eine ganze Nacht darin geschlafen. Er kann sich keinen Reim darauf machen und läuft erstmal zur Trattoria, um sein Auto zu holen.

Auf den ersten Metern fühlen sich seine Beine an, als wären sie aus Gummi. Mehrfach muss er sich an einem Baum abstützen.

Die Trattoria ist geschlossen, aber sein Auto steht noch da. Erleichtert lässt er sich in den Sitz sinken. Dann fällt sein Blick auf die Autouhr – es ist kurz nach 7.00 Uhr. Also hat ihn sein Gefühl doch nicht getäuscht. Er muss die ganze Nacht hier oben gelegen haben.

Er fährt zunächst zu seinem Hotel am Gardasee zurück. Die schmalen, unübersichtlichen Sträßchen, bei denen man an jeder Kurve mit Gegenverkehr rechnen muss, nimmt er gar nicht wahr. Zu sehr ist er mit dem Rätsel der mysteriösen Nacht beschäftigt.
Nach gut zwei Stunden ist er da, verspürt plötzlich wütenden Hunger und will an der Rezeption vorbei in den Frühstückraum gehen. Doch die Frau aus der Rezeption kommt ihm aufgeregt entgegen.

„Signore, wir haben Sie schon vermisst und die Polizei eingeschaltet und auch Ihre Frau angerufen. Wo waren Sie denn?"
„Ist das nicht etwas übertrieben – nur weil ich eine Nacht nicht hier war" entgegnet Er. Sie schaut irritiert „wieso eine Nacht, Sie sind seit 3 Tagen verschwunden!"

***

5

Er hat sich dann auf sein Bett gelegt, zuvor aber noch seine Frau angerufen. Versucht, ihr das Ganze zu erklären, was er sich selbst nicht erklären kann.

„Ich weiß nicht, was Du da treibst, es ist mir auch egal, aber erzähl mir nicht so einen Unsinn", das war ihre Reaktion. Er legte dann einfach auf.

Gefrühstückt hat er auch, eher verschlungen, während er die ganze Zeit versucht, irgendeine Art von Logik in die Sache zu bringen. Vergeblich. Ich habe drei Tage dort oben gelegen, ging ihm immer wieder durch den Kopf. Drei Tage, wie soll denn das möglich sein? Erstens kann man gar nicht so lange schlafen und zweitens hätte ich an Unterkühlung sterben müssen. Denn nachts ist es dort oben noch richtig kalt. Das passte alles nicht zusammen. Drei Tage, leiert es immer wieder in ihm.

Jetzt liegt er also auf dem Bett, ist plötzlich todmüde und kann dennoch nicht schlafen. Stattdessen hat er Visionen. Visionen von einem kleinen Gerät mit irgendwelchen Steinen, besonderen Steinen, das weiß er genau, und Wasser, das irgendwie durch diese Steine gepresst wird und irgendwie ist das auch ganz wichtig und er weiß auch, wo es diese besonderen Steine gibt, und dann schläft er doch ein.

Als er wieder aufwacht ist er unruhig, ja merkwürdig bedrängt. Er muss etwas tun und er weiß auch schon was. Eigentlich wollte er heute ins Valpolicella-Gebiet fahren und eine Kiste Ripaso kaufen. Aber das muss dieses Jahr ausfallen. Er hat eine Aufgabe, eine wichtige Aufgabe.

An der Rezeption begleicht er die Rechnung.
„Wir müssen Ihnen die drei Tage schon berechnen, Signore K., das verstehen Sie sicher?"
„Ja, ja, das ist schon in Ordnung". Dann steigt er in sein Auto und fährt nach Hause auf der Autobahn zum Brenner. Bei Brixen biegt er ab in Richtung „Alta Badia". Dort nach Santa Croce, was er noch nie gehört hat, aber genau weiß, wo es liegt. Er muss mit der Seilbahn hoch und er nimmt eine große Tasche mit, für die Steine.

Was er braucht ist Sericitgneis, ein hochgradig metamorpher Gneis, bestehend aus Quarz, Feldspat und Sericit. Ein leicht rosa gefärbtes Gestein, wie es gerade in den Dolomiten häufig vorkommt. Aber davon hat Bodo K. keine Ahnung.

Er findet sie an einem großen Felsmassiv, ohne dass er lang suchen muss. Sie liegen da einfach so herum. Er packt ein, was er tragen kann und macht sich auf den Rückweg. Es ist jetzt schon Nachmittag, aber das macht nichts. In ein paar Stunden ist er zu Hause, wenn nicht allzu viel Verkehr ist.

Zu Hause dreht sich wieder alles um die verlorenen 3 Tage. Seine Frau fragt, und er hat keine Antworten. Es fängt an, ihn zu nerven. Stattdessen würde er seine Zeit lieber nutzbringender verwenden. Aber es ist jetzt schon spät und er geht schlafen.

Am nächsten Morgen ist er schon um 6 Uhr wach. Er ist voller Tatendrang, schleicht sich in seinen Bastelraum im Keller. Zuerst nimmt er sich seine Steine vor. Sie sind viel zu groß, er müsste sie zerkleinern, zermahlen. Das würde das ganze Haus wecken. Soll er das riskieren? Nein, lieber nicht.

Er lenkt seinen Tatendrang auf ein paar andere Geräte, die er braucht – eine 24 Volt Batterie, eine kleine Hochleistungspumpe und eine Röhren-verbindung, am besten aus hochelastischem Kunststoff. Für einen Moment stutzt er, er hat doch überhaupt keine Ahnung von solchen Sachen. Aber es ist ihm eigentlich egal, er weiß trotzdem wie es geht.

Den heutigen Tag wird er dazu nutzen, dieses ganze Zeug zu beschaffen. Allerdings sind um diese Zeit alle Läden noch zu. Er müsste mindestens noch zwei Stunden warten, untätig herumsitzen. Das kann er nicht. Er muss etwas tun. Sein Kreislauf ist bereits auf Touren, als hätte er einen 10km-Lauf hinter sich. Er fährt schon mal in die Innenstadt, da kann er schon ein bisschen rumschauen.

Natürlich bringt das nichts. Die zwei Geschäfte, die er im Auge hat, machen erst um 8.30 Uhr auf. Notgedrungen geht er in ein kleines Café, bestellt sich einen Capuccino und isst ein Croissant dazu. Immer noch eine Stunde zu früh. Ruhelos läuft er herum, die Zeit scheint still zu stehen. Schon dreimal war er in der kleinen Seitenstraße. Dann – endlich macht der winzige Laden auf.

Erstaunlich problemlos bekommt er seine Sachen, stürzt aus dem Laden und ist bereits 15 Minuten später wieder in seinem Kellerraum. Zuerst zerkleinert er die Steine, mit einem Hammer. Die Teile sind viel zu groß, denkt er, ich muss noch mal los und ein richtiges Zermahlungsgerät kaufen. Dann fällt ihm ein, dass er einen Mörser hat. Er zerreibt jetzt die Steine, bis eine Art Steinmehl daraus geworden ist. So ist es richtig, fährt ihm durch den Kopf. Danach schließt er die Batterie an die Hochleistungspumpe an, füllt eine bestimmte Menge des Steinmehls in die Kunststoffröhre und schließt einen Wasserbehälter an. Alles ist ihm so klar, als hätte er nie etwas anderes gemacht.

Ist das Ding jetzt fertig? Alles zusammengebaut? Es sieht so aus. Jedenfalls fällt ihm nichts mehr ein. Nur kann er nichts damit anfangen. Die kleine Apparatur funktioniert offenbar ganz gut, es brummt, die Pumpe pumpt, das Wasser zirkuliert durch die zermahlenen Steine, aber sonst passiert nichts.

Was ist das, was er da gebaut hat? Es hat irgendwas mit Energie zu tun, so viel ist ihm schon klar, aber zum ersten Mal weiß er nicht weiter.

Er legt eine Pause ein, um in Ruhe nachzudenken. Vielleicht kommen ja neue Eingebungen. Aber es kommen keine. Die einzige Eingebung, die er hat, ist, seinen Neffen anzurufen. Der ist Elektroingenieur, Diplom-Ingenieur, wie er gerne betont. Vielleicht hat der ja eine Idee.

„Timm, ich glaube, ich brauche Deine Hilfe. Kannst Du vielleicht mal vorbeikommen und Dir was anschauen? Ja, möglichst gleich. Nein, das geht nicht am Telefon. Du müsstest schon herkommen. OK".

Mit Timm versteht er sich eigentlich sehr gut. Der weiß auch, zumindest grob, über das angespannte Verhältnis der Eheleute K. Bescheid. Bodo fängt ihn direkt an der Haustür ab und zieht ihn in den Keller runter.

„Was ist denn los, das fühlt sich sehr geheimnisvoll an", Timm folgt mit angespannt interessiertem Gesicht. „Hast Du Ärger mit Deiner Frau?"
„Nein, schau Dir doch mal dieses Ding an, ich weiß gar nicht, was das ist" stößt Bodo aufgeregt hervor und schaut Timm erwartungsvoll an.

Der guckt erst den Apparat an, dann seinen „Erfinder" und fragt auch „was ist das? Sieht aus wie ein …" ihm fällt nichts ein. „Besorg mir erst mal einen Espresso, ich kann sonst nicht nachdenken."

Er zündet sich eine Zigarette an und stiert auf das Gerät. „Ich habe keine Ahnung, was das sein soll. Hast Du das gebaut? Dann kann das nur ein Versicherungsgenerator sein". Er grinst Bodo an.
Es dauert eine endlose Weile, etliche Fragen und eine halbe Packung Zigaretten bis er dann endlich feststellt „ das Ding liefert Energie. Wir brauchen ein Messgerät, damit wir die Energie verifizieren können".

Na also, denkt Bodo, so weit war ich auch schon, Herr Diplom-Ingenieur.

Bis sie das Messgerät haben, vergehen zwei endlose Tage. In der Zwischenzeit hat der Neffe einen „Energieabnehmer" eingebaut, so dass sie auch einen Anschluss für das Messgerät haben. Das Messgerät hat eine Kapazität von 50 KW.

Sie schließen es an, schalten den kleinen Apparat ein und starren gespannt auf die Anzeige. Die Anzeige des Messgeräts knallt hoch, das Gerät qualmt und die Sicherung fliegt raus. „Wow" sagt der Neffe „Dein Apparat liefert schon mal mehr als 50 KW. Wir brauchen mehr Messkapazität".

Am Abend, nach dem Essen, die Kinder hatten sich schon in ihr Zimmer zurückgezogen, sitzen sich Bodo K. und seine Frau wortlos gegenüber.
„Was treibt Ihr da unten eigentlich die ganze Zeit"? fragt sie ihn nach einer Weile. Aus irgendeinem Grund, der ihm selbst nicht klar ist, will er ihr nichts von diesem Energiedingens erzählen. Er schaut sie nur Ausreden suchend an.

„Na lass, ich will das gar nicht wissen". Wortlosigkeit macht sich wieder breit. Er hat den Kopf gesenkt, starrt auf die Tischplatte. Frau K. blickt auf ihren Mann und sieht auf einmal ihr Leben an sich vorbeiziehen. Irgendwann werden wir alt sein, die Kinder sind aus dem Haus, Geld werden wir auch nie haben, jeden Cent müssen wir umdrehen. Und in 20 Jahren werden wir immer noch das Haus abbezahlen. Das ist alles so trostlos.

Voller Vorwurf sieht sie ihn an – er ist schuld. Es ist ihm nicht einmal aufgefallen, dass ich - als er in Italien rumgondelte – beim Frisör und im Kosmetikstudio war. Dass ich mir von dem Geld meiner Mutter(!)

neue Kleider zugelegt habe. Nichts, kein Wort. Ich muss hier raus, sonst ersticke ich. Kann das alles nicht mehr ertragen. Stefan wäre vielleicht eine gute Übergangslösung, denkt sie.

„Ich will die Scheidung" platzt es aus ihr heraus. Als sie es ausgesprochen hat, merkt sie, dass sie schon seit Wochen daran gedacht hat. Er sagt erstmal nichts, hat auch schon darüber nachgedacht, wollte ja Italien dazu nutzen, einen „Plan" zu machen. Das hat sich jetzt erledigt.

„Wie hast Du Dir das vorgestellt, soll ich ausziehen?"

Er ist bereits bei den praktischen Fragen, die „Scheidung" an sich kein Thema mehr. Sie sieht das auch so „natürlich, glaubst Du vielleicht ich suche mir mit den Kindern eine 2-Zimmer-Wohnung"?
An die Kinder hat er noch gar nicht richtig gedacht. „Na ja, wenn Du hier bleibst, ist es sicher die beste Lösung, die Kinder auch erstmal hier zu lassen. Später müssen wir dann schon sehen, wie wir das mit den Kindern regeln". Er versucht, sich die Option „Kinder" offen zu lassen. Das Thema „Geld" interessiert ihn derzeit nicht und seine Frau überraschender Weise auch nicht. Wird sicher noch kommen, davon ist er überzeugt.

So gehen 12 Jahre Ehe auseinander. Er schläft heute Abend auf der Couch.

**

6

Am nächsten Morgen, es ist Samstag, spricht er mit Timm über seine neue Situation. „Frau K. und ich haben uns getrennt; sie will die Scheidung, hat sie mir gestern Abend eröffnet. Und ich habe auch nichts dagegen". Fast ist er ein bisschen erleichtert.

„Offen gestanden", sagt Timm „ ich habe das erwartet. Das konnte nicht mehr lange gut gehen. Was willst Du jetzt tun?"

„Wir müssen eh mal über die nähere Zukunft reden. Ich werde mir irgendwo eine kleine Wohnung suchen. Und wenn das mit unserem Apparat etwas wird, und danach sieht es wirklich aus, werde ich meinen Job aufgeben müssen (er sagt tatsächlich „müssen"), um mich ganz dieser Sache zu widmen. Du weißt, dass ich keine großen Rücklagen habe, das reicht höchstens für zwei-drei Monate. Und jetzt muss ich auch noch die Miete für eine kleine Wohnung bezahlen. Drei Viertel meines Gehaltes werden für die Bank und den Unterhalt draufgehen. Wahrscheinlich noch mehr."

„Könntest Du mich und … äh auch meine Familie für eine gewisse Zeit finanziell unterstützen?" Es ist ihm schrecklich peinlich, dass er das fragen muss. Aufgeregt reibt er sich die Hände.

Timm erklärt ohne Umschweife „selbstverständlich werde ich das, Bodo. Du hast mich in dieses Projekt hereingeholt, das jede Menge Schotter verspricht. Da werde ich doch nicht wegen ein paar tausend Euro herumgeizen. Jetzt lass uns erstmal das nächste Messgerät auftreiben, damit wir endlich Klarheit bekommen".

Bodo K. ist sehr erleichtert.

***

7

Es dauert eine Woche, bis sie ein geeignetes Messgerät aufgetrieben haben. Diesmal sind sie gleich in die Vollen gegangen und haben ein Gerät mit bis zu 600 KW gekauft. Sie haben darüber heftig gestritten, schließlich ist das Ding sündhaft teuer, aber der Neffe meinte, das sei es wert, wenn der Wasserapparat derart hohe Energie liefere.

Sie fiebern vor Aufregung als sie es vorbereiten. Bodo K. zittern die Hände. Er hält das Verbindungsstück in der Hand, fertig zum Anschluss. Timm nickt ihm beruhigend zu. Muss aber selbst schlucken. „Ich habe einen ganz trockenen Mund – bist Du bereit?" Bodo ist bereit. Er schließt das Verbindungsstück an, der Zeiger schlägt aus und zeigt schließlich 500 KW an. Sie bekommen weiche Knie, müssen sich erstmal setzen und schauen immer wieder ungläubig auf die Anzeige.

„Das gibt es nicht, ich fasse es nicht, was hast Du denn da gebaut?" sagt der Neffe, „Du hast doch von Energie, Elektro und dem ganzen Zeug überhaupt keine Ahnung. Wenn ich die Funktionsweise richtig verstehe, wird das Wasser durch den Druck, mit dem es durch diesen speziellen Gesteinsbrei gepresst wird, in Wasserstoff und Sauerstoff getrennt".

„Der Wasserstoff liefert die Energie, wird auf dem Rückweg wieder mit dem Sauerstoff zusammengeführt, wird erneut zu Wasser und der Kreislauf beginnt von vorne. Das ist ja fast schon ein Perpetuum Mobile. Der Verbrauch an Wasser sollte überaus gering sein. Wie bist Du denn darauf gekommen?"

Timm ist so ziemlich der Einzige, mit dem Bodo K. offen reden kann.
„Ich habe keine Ahnung und ich weiß auch nicht, was ich da gebaut habe": Er erzählt Timm, dass er seit seinem Tiefschlaf (so nennt er das jetzt) auf dem Monte Baldo das Wissen und auch den Drang verspürt hat, dieses Gerät zu bauen. Nicht wissend, was er da eigentlich tut.

„Also, so eine Art göttlicher Eingebung" resümiert Timm.
„Ja, göttliche Eingebung trifft es irgendwie".

Timm meint nur „wir müssen es in Natura testen und um es nutzbar zu machen, müssen wir erst die Leistung so weit reduzieren können, dass der Wasserapparat auch einsetzbar ist. Schließlich sind 500 KW etwa 700 PS, das reicht, um in der Formel 1 mitzufahren. Wir sollten es in ein Auto einbauen lassen".

Längst hat der Neffe die technische Regie übernommen.

„Wie sollen wir denn die Leistung reduzieren?" Bodo schaut seinen Neffen erwartungsvoll an.

„Ich muss mal in Ruhe darüber nachdenken und sicher auch ein bisschen experimentieren. Man könnte zum Beispiel die Wasserdurchflussmenge reduzieren, so was in der Art. Vielleicht fällt mir auch noch was anderes ein. Aber es muss einfach zu regulieren sein, zumindest für unsere Testphase. Später können wir dann auf fixe Lösungen um-steigen". Timm versinkt in sein Problem.

Bodo ist gedanklich schon auf einem anderen Feld. „Wir müssen auch mal überlegen, wofür wir dieses Gerät alles einsetzen können. Für Autos, LKW und so was, das liegt ja nah. Was ist mit Schiffen oder Flugzeugen? Was ist mit Strom oder Heizung oder Klimaanlagen?"

Er wird immer aufgeregter. Timm hat die Ruhe weg. „Eins nach dem anderen. Lass mich jetzt erst mal überlegen, wie wir die Leistung runter kriegen. Dann sehen wir weiter".
Sie beschließen für heute Schluss zu machen. Es geht bereits auf Mitternacht zu.

Am nächsten Tag, es ist Montag, ist Bodo K. versucht, sich krank zu melden. Macht er dann aber doch nicht. Es würde zu blöd aussehen, gerade am Montag krank zu sein. Glaubt ihm kein Mensch, vor allem sein Hauptabteilungsleiter nicht. Nach wie vor ist er in seinem Job gefangen, Erfindung hin oder her. Immerhin hat er den heutigen Tag dazu genutzt, eine Wohnung zu finden.

Morgen wird er sie sich ansehen. Er muss aus dem Haus raus, ehe sie sich das anders überlegt.

Am Abend gegen 18 00 Uhr treffen sie sich wieder. Auch Timm hat keinen anderen Gedanken mehr im Kopf als ihre Erfindung.
„Ich habe mir das heute überlegt – wenn wir die Leistung der Pumpe reduzieren, sollte es funktionieren."

„Gut", Bodo K. wird selbstbewusst, „dann teste das mal, und anschließend überlegst Du, wie Du die Leistung auch erhöhen kannst. Für Schiffe oder Flugzeuge brauchen wir ein Vielfaches. Ich mach mir derweil mal Gedanken, wie wir das Ding vermarkten".

Wenn alles so funktioniert, wie es sich derzeit darstellt, ist das eine Jahrtausend-Erfindung von unschätzbarem Wert. Sie müssen sich in aller Ruhe überlegen, wie sie damit umgehen.

Zu allererst braucht das Ding, das Gerät, der Apparat mal einen vernünftigen Namen. Kurz entschlossen, es liegt ja auch auf der Hand, nennen sie ihn „Wassermotor", weil er mit Wasser betrieben wird. Sie nicken das Beide ab.

„Du lässt den Wassermotor ganz real in einem Auto testen. Und bevor wir ihn, von wem auch immer, in ein Auto einbauen lassen, verschließen wir ihn erstmal so, dass seine Funktionsweise nicht mehr erkennbar ist. Wir bauen einen stabilen kleinen Kasten drum herum.

Nimm das schwarze Kästchen, das dahinten steht. Dann suchst Du Dir einen absolut ver- trauenswürdigen Mechaniker, deklarierst das Ding als Elektromotor, bleibst ständig dabei, damit der nicht auf die Idee kommt, unseren „Wassermotor" näher zu untersuchen. In der Zwischenzeit werde ich einen Patentanwalt ausfindig machen, der uns das Ding patentieren lässt."

„Patentieren genau, aber weltweit" wirft Timm ein. Sie grinsen sich an, „natürlich weltweit" antwortet Bodo K.

**

8

Bodo kennt keinen Patentanwalt. Wie auch. Er googelt, man zeigt ihm vier Patentanwälte in Wiesbaden an.

Aufs Geradewohl sucht er den nächstgelegenen raus und vereinbart einen Termin. Ein Dr. Meiniger, in zwei Tagen (er hat es dringend gemacht. Ist es ja auch).

Bereits eine Viertelstunde vor dem vereinbarten Termin ist er an der angegebenen Adresse. Macht einen guten Eindruck, das Haus. Seriös, altehrwürdig fällt ihm dazu ein. Die Büros der Patentanwälte sind in der 3. Etage.

„Guten Morgen, mein Name ist Bodo K." sagt er der Dame am Empfang, „ich habe einen Termin mit Dr. Meininger. „Nehmen Sie bitte noch einen Moment Platz. Herr Dr. Meininger ist gleich für Sie da".

Die Tür geht auf, Dr. Meininger erscheint, ein kleiner, etwas dicklicher Mann mit raspelkurzen grauen Haaren, freundlichem Gesicht. Das klappt ja wie am Schnürchen, denkt Bodo K.

„Kommen Sie, kommen Sie" ruft Dr. Meininger emphatisch, „dann wollen wir mal patentieren. Also, was steht an?" Bodo K. fühlt sich gleich wohl.

„Alles was wir hier besprechen, ist doch streng vertraulich. Nichts dringt nach Außen – oder?" Dr. Meininger lehnt sich schmunzelnd in seinen Sessel zurück.

„Selbstverständlich" gibt er zurück, „also erzählen Sie mal".

Und Bodo K. erzählt. Er spricht mysteriös von einem „Energiegerät", also einer Apparatur, die aus Wasser unter Druck Energie erzeugt. Dieses Gerät möchte er weltweit, wie er betont, patentieren lassen.

Dr. Meininger ist leicht amüsiert. „Das hört sich ja fast metaphysisch an. Am Besten informiere ich Sie mal über die Grundzüge einer Patentierung". Und er doziert über die Kriterien für den Patentschutz. Ein Patent wird erteilt, wenn das Kriterium der „Neuheit" erfüllt ist, also *nicht* „Stand der Technik". Außerdem muss die Erfindung praktisch verwertbar sein, sprich, sie muss auch funktionieren. Ist auch das der Fall, kann das Patent beim Deutschen Patent- und Markenamt (DPMA) in München angemeldet werden. Hierzu ist – wie bei allem in Deutschland – ein Antrag zu stellen, in dem die Funktionsweise und Wirkung der Erfindung präzise beschrieben werden muss."

Eine weltweite Patentierung, wie Sie sie wollen, ist überaus schwierig, ja eigentlich unmöglich. Was wir machen könnten, ist eine internationale Patentanmeldung über das Deutsche Patentamt. Die ist allerdings beschränkt auf die Vertragsstaaten. Das sind im Wesentlichen europäische Staaten. Bei allen Ländern, die nicht zu den Vertragsstaaten gehören, ist eine Patentierung jeweils landespezifisch vorzunehmen".

Bodo wird unruhig „das hört sich ja kompliziert an. Aber wir brauchen eine möglichst lückenlose weltweite Abdeckung. Alle Kontinente".

„Dann stellen Sie sich auf eine zeitaufwendige und ziemlich teure Geschichte ein. 18 bis 24 Monate wird es dauern, wenn es zügig geht. Es können aber auch 3 Jahre daraus werden."

„Und was kostet das?" Bodos Euphorie ist verflogen. „Ich habe jetzt nicht alle Gebührensätze weltweit im Kopf, aber grob gerechnet, sollten Sie mit 70 bis 90.000 Euro kalkulieren.
„70 bis 90.000 Euro, hm, sind Ihre Gebühren da bereits enthalten?"
„Nein, unser Honorar dürfte je nach Zeitdauer und Aufwand bei 30 bis 40.000 Euro liegen".

„Gut oder besser, nicht so gut. Wir müssen also mit etwa 100.000 bis 120.000 Euro rechnen. Darüber müsste ich erstmal mit meinen Partnern sprechen". Bodo K. macht eine erschöpfte Pause. Auch Dr. Meininger lehnt sich erstmal zurück.

„Es gibt noch ein Problem" fährt Bodo K. fort. „Wir möchten verhindern, dass aus der Patentanmeldung bereits erkennbar wird, um welch bedeutende Erfindung es hier geht. Es gibt zu viele Länder, die ein großes Interesse daran hätten, die Vermarktung dieser Erfindung zu unterbinden. Das muss unter allen Umständen vermieden werden".

„Das wird schwierig", Dr. Meininger schaut Bodo K. nachdenklich an. Hat der überhaupt irgendwas erfunden? Jetzt sitze ich schon eine gute halbe Stunde mit diesem Menschen zusammen und verschwende vielleicht meine kostbare Zeit.

„Ich mache Ihnen einen Vorschlag. Sie nehmen diesen Antrag mit, schauen ihn sich genau an. Dann machen Sie oder Ihre Partner eine detaillierte Beschreibung Ihrer Erfindung, Funktion, Wirkungs-weise et cetera. Und ich überlege mir dann, *ob* und gegebenenfalls *wie* wir das so umdeklarieren können, dass der Kern der Erfindung möglichst unerkannt bleibt. Vergessen Sie bitte auch nicht, das Thema „Kosten" mit Ihren Leuten zu klären. Einverstanden?"

Bodo K. nickt zustimmend.

„Wie lange werden Sie für die detaillierte Beschreibung brauchen? Reicht eine Woche?"
Wieder nickt Bodo K. „Gut, dann machen Sie am Besten gleich einen neuen Termin mit meiner Sekretärin aus. Ach, Herr K., und bringen Sie dann bitte auch 20.000 Euro als erste Anzahlung mit. Ich werde in der Zwischenzeit einen Vertrag für uns vorbereiten."

Bodo merkt schon, dass er jetzt gedrängt wird. Das macht ihm aber nichts, er will sowieso hier raus.

Als er sich am Abend wieder mit seinem Neffen Timm trifft, berichtet er über das Gespräch mit dem Patentanwalt.

„Die Beschreibung des Wassermotors ist nicht das Problem, das kriege ich schon hin" meint Timm, „aber über die Kosten müssen wir mal reden".

Er erläutert, dass er zwar ordentliche Rücklagen hat, alles in allem müssten es so 150.000 Euro sein. Aber das würde ja nicht reichen. Wenn man mal einen Zeitraum von 3 Jahren ins Auge fassen würde, bis ihnen Geld aus der Erfindung zufließt, und das sei eher knapp bemessen, aber sei's drum. Also für 3 Jahre, in denen er Bodo und dessen Familie unterstützen müsste, bräuchte er schon mal mindestens 150.000 Euro. Dann sei sein Geld schon weg. Hinzu kämen 120.000 Euro für die Patentierung plus 50.000 Euro für Tests und Unvorhergesehenes. Damit fehlten Ihnen bereits 170.000 Euro.

Um sicher zu gehen, brauchen sie eine Kapitalspritze von mindestens 200.000 Euro. Sie schauen sich betreten an. Wo sollen sie das hernehmen?

Bodo überlegt „wenn wir zur Bank gehen, wollen die natürlich eine Sicherheit. Du hast keine und ich auch nicht. Dann müssten wir denen von der Erfindung erzählen. Und das sicher auch belegen. Das möchte ich lieber nicht, das zieht endlose Kreise. Und ob wir daraufhin einen Kredit über 200.000 Euro bekommen, wage ich auch zu bezweifeln."

„Wir brauchen eine andere Lösung".

***

9

Bodo K. ist mittlerweile zu Hause ausgezogen. Mit einem großen Koffer, ein paar Büchern und dem kleinen Fernseher aus dem Hobbyraum. Den Kindern haben sie erzählt, es sei nur vorübergehend, Papa bräuchte eine Auszeit. Geglaubt haben sie es nicht. Dazu sind sie schon zu groß. Dennoch lief es unspektakulär ab.

Das schwarze Kästchen und ein paar Bauteile hat er mitgenommen. Mangels Platz in seiner neuen kleinen Wohnung hat er die Sachen jetzt bei Timm im Keller untergebracht.

Dort treffen sie sich am Abend wieder. „Ich habe noch mal über die Finanzierung nachgedacht" eröffnet Bodo „es gibt da einen ganz guten Bekannten aus meiner Studienzeit. Der arbeitet jetzt bei einer Investmentgesellschaft und hat mit „Private-Equity-Fonds" zu tun".

Timm schaut ihn verständnislos an. „Na ja", sagt Bodo „soweit ich das verstehe, beteiligen die sich an start-up's, also Neugründungen von Unternehmen. Mit dem könnte ich mal reden".

„Ja gut, dann mach das. Ich kümmere mich inzwischen um die Patentbeschreibung".

Bodo denkt, was er für ein Glück hat, Timm ins Boot geholt zu haben. Ohne ihn würde er das alles niemals schaffen.

Am nächsten Abend trifft er sich in einem mongolischen Restaurant in Frankfurt mit seinem Private-Equity-Bekannten. Sie bedienen sich am Buffet. Es gibt ein Fleisch- und ein Fisch-Buffet. Alles frische Ware, noch roh. Man stellt einen Teller zusammen, bringt ihn zu den Köchen, sucht sich noch eine Soße aus und der Koch brät die Zutaten. Sie setzen sich auf Ihre Plätze.

Wenige Minuten später bringt die Bedienung Reis und den gebratenen Fisch. Es schmeckt köstlich.

Bodo K. schaut seinen ehemaligen Kommilitonen an. „Also Wolf, wir haben eine wichtige, wahrscheinlich sehr große Erfindung gemacht, gehen jetzt die Patentierung an und brauchen bis zur Vermarktung noch Überbrückungskapital. Etwa 200.000 Euro".

Wolf zieht die Augenbrauen hoch.
"Wer ist wir, wenn ich fragen darf?"
„Wir", schummelt Bodo K. „sind ein kleines Team, das in aufwendiger Arbeit seit etlichen Jahren an dieser Erfindung arbeitet und jetzt geht uns das Geld aus".

„Lass mich gleich mal eines sagen, Bodo, für 200.000 Euro macht hier niemand einen Finger krumm. Wenn Du nicht wenigstens 5 Millionen brauchst, findest Du keine Partner. Und wir selbst beteiligen uns nur an Unternehmen, die bereits auf dem Markt sind und große Wachstumschancen haben".

Die Kellnerin bringt noch einen Wein. Als sie wieder weg ist, beugt sich Bodo K. vor „dann nehmen wir halt die fünf Millionen, ich habe damit kein Problem". Er grinst verschmitzt.

„Na ja, ich schon. Auf Zuruf, wie Du Dir das offenbar vorstellst, funktioniert das nicht. Wir brauchen ein Unternehmen, am besten eine Aktiengesellschaft, an dem wir uns mit einer bestimmten Quote beteiligen. Dafür mischen wir uns auch nicht in die Geschäftsführung ein, wie so viele andere Venture-Capital-Geber. Also, ich rate Dir dringend davon ab, diesen Weg weiter zu verfolgen. Was ist das eigentlich, was Ihr da erfunden habt?"

Bodo windet sich. „Das kann ich Dir noch nicht sagen, aber es ist ein Riesending". Was mach ich denn jetzt? Er ist ratlos.
„Könnten wir nicht so was wie eine private Regelung finden?"

„Eine private Regelung? Du meinst, Geld von mir direkt? Na ja, im Prinzip schon", antwortet Wolf „die 200.000 Euro könnte ich Euch geben. Aber ich müsste dann schon konkret wissen, um was es geht".

Bodo K. schaut ihn lange wortlos an. Kann ich ihm trauen, denkt er und ist sich nicht ganz sicher. Wolf hatte während ihrer gemeinsamen Zeit an der Akademie eine gewisse …Leichtlebigkeit an den Tag gelegt. Wenn es ihm gerade passte, verdrehte er auch mal die Wahrheit. Log oder betrog nicht, schummelte aber schon mal, wenn es ihm nützte.

Wolf scheint seine Zweifel zu erkennen.

„Ich mach Dir einen Vorschlag. Du besprichst Dich mit Deinen Partnern. Wir setzen eine Vereinbarung auf, nach der ich mich zu absoluter Verschwiegenheit verpflichte. Und zwar unabhängig davon, ob es zu dem Kredit kommt oder nicht. Dann schau ich mir Eure Erfindung an. Wenn ich sie verstehe und akzeptiere, bekommt Ihr die 200.000 Euro und Ihr zahlt mir nach 4 Jahren 300.000 Euro zurück. Dann habe ich etwas davon und Ihr auch".

Sie beschließen, sich in drei Tagen wieder zu treffen. Wahrscheinlich in Wiesbaden. Aber Bodo sagt noch Bescheid.

***

10

Jetzt wächst es ihm langsam doch über den Kopf. Tagsüber den Abteilungsleiter in der Versicherung geben und jeden Abend irgendein anderes Problem, das sich vor ihm auftut. Und nachts immer wieder die ganzen Aufgaben durchgehen. Er ist fertig. Lange hält er das nicht mehr aus. Wir müssen das mit dem Geld regeln, denkt er, dann kündige ich und kann mich endlich ganz auf den Wassermotor konzentrieren.

Am nächsten Tag bespricht er sich mit Timm. Wenigstens der ist vorangekommen. Er hat eine 12 Jahre alte, schwere Mercedes-S-Klasse gekauft, für 1.200 Euro. Der Motor war kaputt, wie er grinsend erzählt. Einen verschwiegenen Mechaniker hat er auch aufgetan. Der hat mittlerweile alles vorbereitet, Motor ausgebaut und so weiter, so dass sie morgen, Samstag, den Wassermotor einbauen lassen können. Wenn alles klappt, ist dann auch gleich die Probefahrt möglich.

Bodo ist erleichtert. Er berichtet von seinem Gespräch mit Wolf, erklärt die Größenordnung, in der in der Branche gedacht wird und erzählt von dem Angebot, einen privaten Kredit über die 200.000 Euro von Wolf zu bekommen. Natürlich wolle der dann auch genau wissen, um was es geht.

„Können wir dem denn trauen?"

„Na ja, ich denke schon. Ganz sicher bin ich mir allerdings nicht. Ich kann mir aber auch nicht recht vorstellen, was passieren sollte. Wenn wir eine „Verschwiegenheitsverpflichtung" vereinbaren, wie er es angeboten hat, dann wüsste ich nicht, was schief gehen sollte. Es hätte halt den großen Vorteil, dass wir das Geld nächste Woche schon auf dem Konto haben könnten".

„Ja, das wäre schon wichtig. Dann könnten wir endlich sicher weiter arbeiten" meint Timm abschließend.

Samstagmorgen sind sie bei ihrem Automechatroniker. Eine kleine Hinterhofwerkstatt am Rand von Wiesbaden.

„Ich weiß ja nicht, wie Ihr Euch das vorgestellt habt", sagt der, „aber soweit ich weiß, braucht man für einen Elektromotor auch Batterien. Sonst wird das nix". Triumphierend schaut er die Beiden an.

Bodo K. denkt „Mist". Timm ist auch überrascht, übelegt kurz und sagt dann, ganz Diplom-Ingenieur, „das macht nichts. Wir brauchen ja keine Reichweite. Schließ den Elektromotor einfach an die bestehende 24-Volt-Batterie an. Wir wollen ja nur mal sehen, ob das Ding überhaupt funktioniert".

So machen sie es dann. Nach zwei für Bodo überaus zähen Stunden ist der Mercedes im Prinzip fahrfertig.

Timm und Bodo K. setzen sich in das Auto. Der Mechatroniker will auch mit, wird aber abgewimmelt. Timm drückt auf den Startknopf, die Automatik steht noch auf „P". Bodo hört gar nichts.

„Ich höre ja gar nichts, oh Gott".
„Doch, doch", versucht Timm zu beruhigen, „ich höre ein ganz zartes rauschen, scheint die Wasserpumpe zu sein". Sie schauen sich mutmachend an.
„Ich schiebe jetzt den Wahlhebel auf „D". Timm erklärt, als würde er via handy eine Betriebsanleitung rekapitulieren.
„Jetzt gebe ich ganz vorsichtig Gas". Und das schwere Auto setzt sich tatsächlich in Bewegung. Langsam rollen sie vom Hof, ja nicht auffallen. Gut, dass sie den Wassermotor gestern noch auf 200 KW herunterreguliert haben.

„Es funktioniert, es funktioniert wirklich". Beide sind aus dem Häuschen. Bodo K. atmet erleichtert aus. Sie fahren um die Ecke auf die Nebenstrasse.

„Ich gebe jetzt mal richtig Gas" sagt Timm und ihre Köpfe werden nach hinten gezogen. „Und das sind erst 200 KW. Was glaubst Du, was erst mit 400 oder gar 500 KW los ist?"
Timm ist begeistert, Bodo würde gerne die Frage nach dem TÜV dieses Autos stellen, hat aber das Gefühl, das ist nicht der richtige Zeitpunkt.
„Morgen probieren wir mal 400 KW aus. Ich will sehen, ob das auch so reibungslos funktioniert." Oh Gott, denkt Bodo, ich glaube, ich bin morgen verhindert.

Sie fahren dann zurück zur Werkstatt, geben dem Mechaniker die vereinbarten 1000 Euro, also Timm gibt sie ihm, und fahren zu Timm nach Hause. Der Mechaniker schaut ihnen mit einer Mischung aus Misstrauen und Unverständnis nach.

Das ist eine verdammt merkwürdige Geschichte, denkt er bei sich. Den Timm mag er eh nicht richtig. Immer ein bisschen arrogant, schnöselig. Nur heute nicht. Und immer wenn er an seinem Auto etwas reparieren ließ, so alle ein bis zwei Jahre, hatte er an der Rechnung zu kritisieren. Heute dagegen zahlt er anstandslos die 1.000 Euro, obwohl er meinen Stundensatz kennt und weiß, dass ich höchstens 10 Stunden an dem alten Mercedes gearbeitet habe. Mit Mittagspause, denn eigentlich waren es nur gut 7 Stunden. Sehr merkwürdig. Überaus merkwürdig. Er kriegt es nicht mehr aus dem Kopf. Kann sich aber auch keinen Reim darauf machen.

Er hat da so einen Gedanken im Hinterkopf, bekommt ihn aber nicht zu fassen. Noch nicht. Dabei könnte er ein bisschen Geld gut ge-brauchen. Der Laden läuft zwar ganz gut, aber er verdient trotzdem nicht üppig. Weiß der Teufel warum.

Vor zwei Jahren hatte er die Idee, eine BMW-Niederlassung aufzumachen. Nach sage und schreibe zwei Monaten kam endlich ein Vertreter von BMW vorbei und guckte sich seinen Betrieb an. Schüttelte den Kopf „die Lage ist ja nicht so schlecht, aber das müssten Sie alles abreißen und völlig neu bauen. Kostenpunkt: zwei bis drei Millionen Euro. Können Sie das finanzieren?"
Konnte er natürlich nicht.

„Aber ich hätte vielleicht eine interessante Alternative. Die wäre deutlich billiger und bestimmt sehr lukrativ". Winfried Hammerl, so heißt der Mechatroniker, war durchaus interessiert.

„Wir haben immer wieder sogenannte Unfallwagen".
„Nein, keine Unfallwagen" warf Hammerl dazwischen, „damit will ich nichts zu tun haben".
„Nein, nicht was Sie denken, keine kaputten Autos. Ich rede hier von gepflegten BMW, manche nur ein halbes Jahr alt, die eine Delle in der Tür hatten oder einen leichten Auffahrunfall. Sobald aber die Reparatur 1000 Euro überschreitet, sind das nach dem Gesetz „Unfallwagen". Und 1000 Euro Reparaturkosten, das wissen Sie ja selbst, sind ja nichts. Das Entfernen eines Mückenschisses ist ja bald teuerer."

„Kurz und gut - diese sogenannten Unfallwagen verkaufen wir nicht in unseren originären Niederlassungen. Dürfen wir gar nicht – ist Firmen-politik. Die bekämen Sie zu einem sehr günstigen Preis. Damit könnten Sie ordentlich Geld verdienen. Ein bisschen investieren, müssten Sie aber trotzdem. Damit das hier etwas gepflegter aussieht".

Winfried Hammerl war dann sauer und hat den BMW-Mann rausgeschmissen.
„Gepflegter aussieht", dieser Schnösel.
Na ja, Geld ist bei ihm immer Mangelware. Er muss noch mal nachdenken.

Zwei Tage später kommt sein Bruder vorbei, Manni Hammerl. Natürlich erzählt er ihm die Geschichte. Wollten die mir das als Elektromotor verkaufen und ich sollte diesen kleinen Kasten mit der Batterie verbinden. Als ich mich halb umdrehte, habe ich aus dem Augenwinkel gesehen, wie Timm das Kabel wieder abgemacht und schnell die Motorhaube zugeworfen hat.

„Die wollten mich für blöd verkaufen". Winfried ist erbost.

„Ja, wenn's kein normaler Motor war und auch kein Elektromotor – was könnte es denn sonst sein?" Manni will helfen, kennt sich aber in der Materie nicht aus.

„Das muss irgendwas ganz Neues gewesen sein. Ich habe die Beiden beobachtet. Die waren gespannt wie die Flitzebogen, als sie einstiegen. Die waren alles andere als sicher, ob das auch funktioniert. Und als das Auto dann tatsächlich losfuhr, hätten die am liebsten Hurra geschrieen. Ich habe das förmlich ge-spürt. Und das Auto hat keinen Laut von sich gegeben, es war völlige Stille."

„Du meinst, eine ganz neue Erfindung, so was in der Art?"

„Ja, so was meine ich. Die haben einen Behälter an dieses Kästchen gesteckt. Ich konnte nicht erkennen, was drin war, der Behälter war schwarz. Aber irgendeine Flüssigkeit muss es ja gewesen sein". Sie fühlen, dass sie vielleicht einer großen Sache auf der Spur sind.

„Wir müssten irgendwie rausbekommen, was das für ein Kasten ist und welche Flüssigkeit in dem Behälter ist", meint Manni schließlich, „das müssten wir doch hinkriegen."

Sie beschließen, Timm in der nächsten Nacht einen Besuch abzustatten. Die Adresse haben sie ja. Das sollte doch mit dem Teufel zugehen, wenn sie sich diese Gelegenheit entgehen ließen.

***

11

Bodo K. hat jetzt, nachdem der Wassermotor einwandfrei funktioniert, einen Termin für Dienstag Abend mit Wolf gemacht. Er will die Finanzierung endlich unter Dach und Fach haben. Wolf kommt um 19.00 Uhr, Timm ist auch da.

Typischer Banker, denkt Timm, dunkelgrauer Anzug, gedeckte rote Krawatte, Hochglanzschuhe. Etwas übertrieben elegant. Solchen Leuten ist nicht zu trauen. Dass der mal in der Versicherungsbranche war, ist nicht mehr zu erkennen.

Wolf ist natürlich ganz erpicht darauf, endlich etwas über die sagenhafte Erfindung zu erfahren. Ohne großes Vorgeplänkel fängt er an.
„Ich habe unsere Vereinbarung wie besprochen mitgebracht, lest sie durch, und wenn Ihr einverstanden seid, unterschreibe ich an Ort und Stelle". Die „Verschwiegenheitsklausel" ist drin, selbst Schadenersatz in unbegrenzter Höhe ist genannt.

Wolf hat Wort gehalten und alle Punkte, die vorher besprochen waren, in die Vereinbarung aufgenommen. Bodo und Timm schauen sich an und nicken zustimmend.

„Scheint doch ganz in Ordnung zu sein, Dein Banker", sagt er zu Bodo und blickt Wolf schmunzelnd an.
„Banker sind eine der vertrauenswürdigsten Gattungen in diesem Land" antwortet Wolf breit grinsend und Timm findet ihn auf einmal sehr sympathisch.

Dann zeigen sie Wolf das schwarze Kästchen.

„Das ist ein Wassermotor, schöpft seine Energie aus Wasser, ganz normales Leitungswasser. Er leistet bis zu 500 KW. Die Leistung kann je nach Bedarf reduziert oder aufgestockt werden. Alles bereits getestet".
„Das gibt's ja gar nicht", Wolf schaut sie ungläubig an. „Ihr meint, dieses kleine Ding liefert Energie wie ein 12-Zylinder-Motor und das mit Wasser? Auf eine solche Erfindung wartet die ganze Menschheit und Ihr habt sie gemacht!?" Die wollen mich verarschen, denkt er.

Solche Sachen werden im Silicon Valley oder in Hongkong erfunden, aber doch nicht im popligen Wiesbaden. Und dann auch noch von Bodo. Alles was zu schön ist, um wahr zu sein, ist auch meist nicht wahr. In seiner Branche ist ein gesundes Misstrauen überlebensnotwendig. Ihm fällt wieder ein, dass ihm vor einigen Jahren, von einer amerikanischen Bank, sogenannte assed backed securities (ABS) angeboten wurden. Absolut sichere

Papiere, durch Immobilien und Ausfall-versicherungen abgedeckt. Triple A geratet. Bringen 4 ½%, 200 Basispunkte mehr, also fast doppelt so viel, wie eine vergleichbare Anlage in Deutschland. Die könne er wunderbar zur Stabilisierung seiner Fonds einsetzen. Klang auch zu schön um wahr zu sein.

Er hat dann nur halb soviel abgenommen, wie ihm angeboten wurde. Weil er einfach misstrauisch war. Nach der Lehmann-Pleite, als diese Papiere fast nichts mehr Wert waren, wusste er warum. Nein, nein, sein Misstrauen kam aus dem Bauch und sein Bauch irrte sich selten.

„Lässt sich das denn verifizieren, ich meine, dass Euer Wassermotor tatsächlich so viel Energie liefert?
„Du kannst das hier auf dem Messgerät sehen". Sie schließen das schwarze Kästchen an den Messapparat an. Er zeigt 400 KW an.

„Ich bin noch mal gefahren", Timm grinst entschuldigend in Richtung Bodo „und habe noch nicht umgestellt. Es war gigantisch".
„Ob 400 oder 500 KW spielt jetzt keine große Rolle. Mich interessiert vor allem, dass der Kasten auch wirklich funktioniert", Wolf bleibt skeptisch. „Ihr seid gefahren, also kann der Wassermotor in ein Auto eingebaut werden? Dann lasst uns mal fahren".

Sie gehen in den Hof. Timm wohnt in einem durchaus schön gemachten Anbau, direkt über dem Hof. Wolf schaut den alten Mercedes mit leichtem Missbehagen an, denkt, na hoffentlich hält der noch ein bisschen durch. Dann macht er sich über das Auto her. Öffnet den Kofferraum, hebt sogar die Abdeckung hoch, legt sich mit seinem feinen Anzug auf den Boden, um unter das Auto gucken zu können. Dann öffnet er die Motorhaube, kein Motor ist zu sehen, auch keine Lichtmaschine, keine Auspuffrohre. Es sieht sehr übersichtlich aus.

Timm schaut ihn an „zufrieden?".

Ja, er ist zufrieden. Timm schließt das schwarze Kästchen an. Es dauert nur zehn Minuten, mittlerweile hat er Routine und bedeutet, dass es losgehen kann. Wolf ist beeindruckt, sogar mehr als beeindruckt. Im Innenraum hat er jede Zurückhaltung aufgegeben und sogar den Teppichboden hochgeklappt, um zu sehen, ob irgendwo Batteriefächer sein könnten. Nichts. Sie sind dann bis nach Würzburg gefahren, Timm hat darauf bestanden. Und natürlich auch wieder zurück.

Eine Strecke von 250 km , so schnell wie es möglich war, stellenweise über 200 km/h. Er kennt Elektrofahrzeuge, die lassen bei höheren Geschwindigkeiten schnell nach. Die hätten diese Distanz bei dem Tempo niemals geschafft.

Wolf ist nicht mehr misstrauisch. Sein ausgeprägter Geschäftssinn sagt ihm aber, dass die ursprünglich vorgesehene Regelung, 200.000 Euro geben und nach 4 Jahren 300.000 Euro zurückbekommen, angesichts dieser Erfindung kein guter Deal ist.

„Passt auf Jungs", sagt er, als sie wieder in Wiesbaden zurück sind, „ich gebe Euch nicht 200.000 Euro, sondern, sagen wir mal, 500.000 Euro. Dafür möchte ich an dem Projekt beteiligt werden. Ich könnte Euch beraten, meine ganze Expertise in dieses Thema einbringen. Und die kann noch viel

Wert sein, denn das wird ein gigantisches Projekt. Was meint Ihr?"

Bodo ist dafür, er möchte Klarheit über die Finanzierung, damit er endlich der Versicherung ade sagen kann. Auch Timm hat keine Einwände, legt aber Wert darauf, dass Bodo und er im Zweifelsfall die Entscheidungen treffen, Wolf nur eine beratende Funktion hat. Wolf ist einverstanden. Er soll eine Beteiligung von 5% erhalten, mindestens 5 Millionen Euro.

Mein Gott, denkt Bodo K., in welchen Dimensionen bewegen wir uns eigentlich? Aber es tut ihm gut, dass die ganze kaufmännische Seite nicht mehr allein an ihm hängt.

***

12

Winfried und Manni sind ganz in schwarz gekleidet. Beide tragen einen Kapuzenpulli, schließlich haben sie genug Krimis im Fernsehen gesehen. Kurz bevor sie los wollten, fiel Manni ein, dass sie ja schlecht in ihrem eigenen Auto bei Timm vorfahren könnten. Eine Überlegung, die durchaus etwas für sich hat.

Winfried meinte, es sei jetzt zu spät, sich noch ein anderes Auto zu besorgen. Sie würden halt um die Ecke parken. Und so machen Sie es. Es ist zwei Stunden nach Mitternacht, so weit bekannt eine ideale Zeit für unauffällige Besorgungen.

Jetzt stehen sie vor Timm's Hoftor, 2 Meter hoch, aus Holz, man kann nicht durchsehen.

„Scheiße, wie kommen wir denn da drüber?" Winfried ist schrecklich aufgeregt, Manni nur etwas kribbelig, hat offenbar Erfahrung.

„Ich zeig's Dir. Mit diesen Toren kenn ich mich aus." Er wirft sich leicht gegen das Tor, es geht auf und er läuft auch schon durch. Leider hat er nicht an den Eisenriegel gedacht. Der ist bei dem leichten Rempler in die Höhe gedrückt worden und fällt jetzt wieder runter. Und zwar genau auf Manni's Kopf. Und es ist ein großer, schwerer Eisenriegel.

Manni geht mit einem Grunzlaut in die Knie, ist sogar für ein paar Sekunden bewusstlos, zumindest aber benommen. Winfried, der auch schnell durch das Tor wollte, stolpert über Manni und fällt ebenfalls hin. So liegen sie jetzt in Timm's Hof. Sie halten die Luft an. War das jetzt laut, könnte das irgendwer gehört haben. Sie sind sich nicht sicher. „Mann oh Mann", keucht Winfried, „ich habe kein gutes Gefühl".

Laut war es nicht, aber es waren doch Geräusche, die - zumal bei geöffnetem Fenster – ausreichen, um aus dem Tiefschlaf in den leichten Schlaf überzugehen. Timm dreht sich auf die andere Seite und atmet hörbar durch.

Winfried macht sich an die Arbeit. Er öffnet mit einem flachen Draht, seine Spezialität, die Tür des Mercedes. Dauert nur ein paar Sekunden. Dann zieht er den Hebel für die Motorhaube.

Das alles geht fast geräuschlos. Als sie die Motorhaube aufstellen und mit ihrer Taschenlampe hineinleuchten, sehen sie – nichts. Der komische Motor ist nicht drin.

„So ein Mist" ruft Manni und knallt verärgert die Haube zu. Das hätte er nicht machen sollen.

Timm wacht jetzt ganz auf, springt ans Fenster und sieht zwei dunkle Gestalten durch das Hoftor rennen.

Ich glaube, ich weiß was die gesucht haben und wenn ich darüber nachdenke, habe ich auch eine Ahnung, wer das gewesen sein könnte. Er liegt nicht falsch.

***

13

Ich brauche heute mal eine Auszeit, denkt Bodo K.
Immer nur diese Wassermotor-Geschichte, das hält
ja kein Mensch aus. Morgen gehe ich zum
Patentanwalt.

Geld haben wir ja erstmal genug. Wolf hat 200.000
Euro auf das „Schwarze-Kästchen-Konto" über-
wiesen, das sie extra eingerichtet haben. Die
fehlenden 300.000 Euro sollen nächste Woche
kommen, wenn Wolf seine Wertpapiere verkauft
hat. Bin ich froh, dass Timm das Alles nicht bezahlen
muss.

Siedend heiß fällt ihm ein, dass er seit zwei Tagen
nicht mehr in seiner Firma war, nicht mal angerufen
hat. Na ja, ist jetzt eh egal, morgen nach dem
Patentanwalt gehe ich hin und kündige. Ich müsste
auch mal bei Frau K. und den Kindern vorbei-
schauen. Er hat sich jetzt schon eine Woche nicht
mehr gemeldet.

Bei Frau K. kann er das ja noch verstehen, aber wegen seiner Kinder hat er sofort ein schlechtes Gewissen. Was bin ich nur für ein Vater? Andere Väter streiten bis aufs Blut um das Sorgerecht für ihre Kinder und ich habe noch nicht mal an sie gedacht.

In den letzten Jahren hat er immer weniger Zugang zu ihnen gefunden, immer mehr inneren Abstand gespürt, wird ihm wieder bewusst. Eigentlich weiß er, woran das liegt. Aber er will es sich nicht einge- stehen. Ich fahre nachher mal hin und sondiere die Lage, denkt er noch, dann ist er eingeschlafen.

Am frühen Nachmittag klingelt er an seiner vertrauten Haustür. Er hat Blumen für Frau K. mitgebracht, einen kleinen Mohnkuchen, den sie so mag und für seine Kinder jeweils ein Buch. Besonders das eine, für seinen 10-jährigen Sohn, hat ihm, zumindest vom Titel her, gut gefallen. *Der Tag, an dem ich cool wurde*, das ist doch was für Alex. Na mal sehen.

Alex ist es auch, der ihm öffnet. Er will ihn in den Arm nehmen, doch Alex tritt einen Schritt zurück und schaut ihn misstrauisch an. Sagt kein Wort. Das fängt ja gut an, denkt Bodo K., nur keine allzu hohen Erwartungen.

Frau K. erscheint, begrüßt ihn mit einem schroffen „was willst Du?", sieht dann seine ganzen Ge- schenke und öffnet die Tür.
„Dann komm erstmal rein".

Er geht in das kleine Esszimmer und stellt die Sachen ab. Schaut sich um. Verändert hat sich nichts, aber es kommt ihm vor, als wäre er in einem fremden

Haus. Spürt eine große innere Distanz, zum Haus und auch zu seiner Familie. Acht Jahre lang habe ich geglaubt, das wäre mein zuhause. Und jetzt – nichts mehr. Keine Verbindung, kein Bedauern. Er fühlt sich losgelöst, wie tiefgefroren.

Das war's jetzt, geht es ihm durch den Kopf. Bringen wir es hinter uns.

Sie sprechen dann über Praktisches. Wo wohnst Du jetzt, sind die Unterhaltszahlungen geregelt, wie kommt ihr zurecht? Nichts wirklich Wichtiges. Frau K. eröffnet ihm, dass sie vorgestern beim Anwalt war. In den nächsten Tagen müsste er die Scheidungspapiere bekommen. Es ist ihm recht.

„Ich denke, das sollte keine Probleme geben. Wenn Du willst, könnt Ihr in dem Haus wohnen bleiben. Meinen Anteil daran werde ich auf die Kinder übertragen. Du brauchst mir da nichts zu bezahlen".

Seine Frau ist überrascht. Das hatte sie für ein Thema gehalten, um das es heftige Auseinandersetzungen geben würde.
„Es freut mich, dass Du das so handhaben willst. Ich habe mir schon überlegt, wieder in meinen Beruf einzusteigen. Nein, nicht als Pianistin, die Zeit ist vorbei. Als Bürokraft, halbtags, die Kinder sind ja morgens in der Schule. Natürlich bräuchten wir trotzdem weiterhin Unterhalt. Aber das Geld, das ich verdiene, sollte für die Kreditrate reichen".

Jetzt ist er überrascht. Die wird ja doch noch ganz vernünftig, geht ihm durch den Kopf. Jetzt, wo das alles endet.

„Ja" sagt er, „ das mit dem Unterhalt kriege ich schon hin". Er schaut Frau K. noch mal nachdenklich an.

Niemand hat einen Anspruch auf Liebe, geht ihm durch den Kopf.

„Ich muss dann mal" sagt er und geht.

***

14

Am nächsten Morgen hat Bodo K. seinen Termin bei Dr. Meininger, dem Patentanwalt. Er bringt ihm die Anzahlung von 20.000 Euro. Dr. Meiniger scheint durchaus überrascht, das entgeht Bodo nicht. Er unterschreibt diverse Formulare und händigt ihm die detaillierte Beschreibung des Wassermotors von Timm aus.

„Ich schaue mir das in Ruhe an", meint Dr. Meininger „heute bin ich etwas unter Zeitdruck. Können wir uns in zwei Tagen wieder treffen? Bis dahin sollte ich Ihnen einen Vorschlag machen können, wie wir vermeiden, dass die Erfindung in ihrer ganzen Dimension erkannt wird".

Bodo K. stimmt zu und macht sich auf den Weg zu seiner Versicherung. Obwohl es ihm ja egal sein könnte, wie man dort auf seine Kündigung reagieren wird, ist ihm etwas mulmig.

Gegen 11.00 Uhr betritt er sein Großraum-Büro. Alle sind da. Man schaut ihn überrascht an. Mit ihm hat heute Keiner mehr gerechnet. Bodo stellt sich in die Mitte des Raumes. Er wirkt durchaus selbstbewusst.

„Guten Morgen allerseits. Sie haben sicher schon bemerkt, dass ich gestern nicht da war". Mein Gott, was für ein bescheuerter Satz, denkt er. Seine Mitarbeiter grinsen, typisch Bodo K.

„Was ich sagen möchte - ich werde das Unternehmen verlassen, und zwar heute. Ich werde Ihnen nicht sagen, wo ich hingehe. Es soll niemand auf die Idee kommen, es mir gleich zu tun".
„Keine Angst", wirft Meier dazwischen.
„Äh ja", greift Bodo K. seinen Gedanken auf, „danke für die jahrelange, angenehme Zusammenarbeit. Ich wünsche Ihnen weiterhin viel Erfolg".

Er hat sich in diese Floskeln gerettet. Nach seinem blöden Satz bröselte sein Selbstbewusstsein dahin. An irgendeine Art von Ausstand hat er auch nicht gedacht. Mag er eh nicht und jetzt ist es auch zu spät. Seine Mitarbeiter bleiben schweigsam. Er schüttelt jedem die Hand und verlässt den Raum. Meier wendet sich an seine Kollegen „ er geht, wie er gearbeitet hat – unauffällig".

Jetzt muss er zum Hauptabteilungsleiter und seine fristlose Kündigung abgeben. Der schaut ihn an, durchaus interessiert. Scheint gut gelaunt zu sein.

„Na Bodo K., auch mal wieder im Land? Ihr Papier ist beim Vorstand gut angekommen – nachdem ich es überarbeitet hatte. Gestern habe ich Rückmeldung bekommen. Man möchte einige der Punkte umgesetzt wissen. Ich wollte das gestern schon mit Ihnen besprechen, aber Sie waren ja nicht da. Wo waren Sie eigentlich? Niemand wusste etwas. Das kann ich nicht akzeptieren. Von meinen Mitarbeitern erwarte ich Zuverlässigkeit und Einsatz".

Er ist mit jedem Satz etwas lauter geworden, hat sich in seinem Ledersessel (mit Lehnen und hohem Rückenteil) aufgerichtet und blickt missbilligend auf Bodo K.

Ein Glück denkt der, ich dachte schon, das wird eine Lobeshymne.
„Sie haben völlig recht, Herr Hauptabteilungsleiter, ich finde das auch untragbar. Hier ist meine Kündigung".

Der öffnet den Umschlag, liest das Kündigungs-schreiben und will loslegen. Besinnt sich anders und schaut Bodo K. an, nickt.

„Ich habe mir das fast schon gedacht. Lassen Sie es mich ohne Umschweife sagen: Sie haben gute Sacharbeit geleistet, waren auch meist engagiert, aber Sie besitzen keine Führungskompetenz. Ihre kleine Mannschaft zu führen, zum Erfolg zu führen, hat Sie an Ihr psychisches Limit gebracht. Das ist auf Dauer eine große Belastung. Und mich im Rücken oder besser – darüber, das halten Viele nicht aus. Ich kann das gut verstehen. Was werden Sie jetzt tun?"

Bodo K. erzählt ihm von einer Auszeit, die er dringend brauche. Und ja, Rücklagen hat er noch, er wird einige Zeit überstehen können. Der

Hauptabteilungsleiter wünscht ihm alles Gute, „suchen Sie sich einem Job mit hohem fachlichen Anspruch, aber ohne Führungsverantwortung".

Das verspricht Bodo. Na, ist doch ganz gut gelaufen.

***

15

Winfried Hammerl ist sauer. Stinkesauer. Nix läuft in diesem blöden Laden. Immer öfter kommen jetzt Kunden, für deren Autos er so einen Auslese-apparat bräuchte. Er hört dann Aussagen wie „fährt halt nicht" oder „stuckert so komisch". Mit seinen herkömmlichen Bordmitteln kommt er auf Dauer nicht weiter. Die neueren Autos haben alle einen Fehlerspeicher und wenn er den nicht auslesen kann, sucht er sich zu Tode.

Er braucht dringend ein Diagnosegerät. Ein gutes Profigerät kostet schon einige tausend Euro. Und jetzt hat auch noch die Hebebühne ihren Geist aufgegeben. Das wird teuer.

Gestern kam eine Frau, nein eher schon eine Dame, mit ihrem Peugeot-Cabrio vorbei. Etwas älter als er, sehr attraktiv. Er war sofort hin und weg.
„Was kann ich für Sie tun, gnädige Frau?"
„Oh, gnädige Frau hat schon lange niemand mehr zu mir gesagt". Sie hatte auch noch eine tiefe, einladende Stimme. Winfried bietet seinen ganzen

Charme auf „hübsche Frauen verlangen nach Höflichkeit, ist es nicht so?"

Sie nickt ermunternd „das könnte schon sein. Nur gerade in einer Autowerkstatt hatte ich das nicht erwartet".
„Ja, ja, wir Automenschen werden oft unterschätzt". Er tritt einen Schritt näher. Sein Interesse an ihr strahlt aus seiner ganzen Haltung. Sie ist durchaus auch angetan.

Er hat ihr dann einen Kaffee angeboten und sie haben sich ganz angeregt unterhalten. Morgen Abend bringt er ihr das Auto zurück und sie gehen dann schick essen. Sie ist seit zwei Jahren geschieden, arbeitet als Sekretärin bei einem Kaffee-Großhandel. So viel hat er schon rausge-kriegt. Wenn er mit ihr etwas anfangen will, und das will er, braucht er auch schon wieder Geld. So viel ist mal sicher.

Er ruft seinen Bruder Manni an. „Wir müssen noch mal reden. Kannst Du vielleicht vorbeikommen?" Und Manni kommt vorbei, es dauert keine halbe Stunde.
„Wir sollten unbedingt mit dieser vermaledeiten Geschichte weitermachen. Ich brauche richtig Kohle". So dilettantisch wie beim letzten Mal dürfe es aber nicht mehr laufen. Ob Manni denn nicht mal eine Idee hätte?

Und sie dröseln die ganze Sache noch mal auf. Kommen zu dem Ergebnis, dass dieser „Motor" eine ganz neue Erfindung sein muss. So weit waren sie allerdings schon mal. Jetzt kombinieren sie weiter: In dem Behälter kann nicht irgendeine Art von

Kraftstoff gewesen sein, der mache ja nur in einem Verbrennungsmotor Sinn. Und da wurde nichts verbrannt, sonst hätte man ja etwas gehört.

Sie überlegen und überlegen. Schließlich kommt Winfried Hammerl zu dem Schluss, was es auch immer sei, jedenfalls laufe das Auto ohne Benzin, ohne Diesel, ohne Gas. Und das reicht uns. Ich weiß jetzt, wo wir ansetzen müssen, nämlich bei den Ländern, die derzeit von dem leben, was diese Autos nicht mehr brauchen werden, nämlich Öl und Benzin. Triumphierend blickt er auf Manni. Der hat es nicht verstanden.

„Was willst Du denn mit irgendwelchen Ländern, die von Öl und Gas leben?"
„Oh Manni, überleg doch mal, wenn Autos kein Benzin, Gas oder was auch immer mehr brauchen, dann verkaufen diese Länder auch kein Benzin, Gas oder was auch immer mehr. *Das* wäre doch ein unglaublich wichtiges Thema für die. Es könnten Milliarden an Einnahmen wegbrechen. Ein Tipp von uns sollte denen doch einiges Wert sein. Wir müssen nur irgendwie an die rankommen. Also, prüfe Deine Kontakte, Bruder. Überleg mal, ob Du irgendwen kennst. Vielleicht an einer Botschaft oder so. Iran, Saudi-Arabien, nein die lieber nicht, Russland, irgendeines der großen Erdöl fördernden Länder. Die könnten wir doch darauf ansetzen. Gegen eine saftige Belohnung natürlich".

Und Manni überlegt. „Ja, ich kenne da Einen. Letztes Jahr habe ich doch an einem Fahrertraining teilgenommen. Da war auch jemand dabei, der davon erzählte, dass er an einer Botschaft arbeitet, also Fahrer vom Botschafter ist oder so. Ich weiß aber nicht mehr, wie er heißt. Bekomme ich aber raus. Ich habe die Teilnehmerliste noch".

„Eine Million", sagt Winfried, „wir fordern eine Million".

***

16

Abends haben sie sich wieder getroffen – jetzt zu dritt, Bodo K., Timm und Wolf. Von Frankfurt ist es ja ein Katzensprung nach Wiesbaden. Deshalb kann er jetzt auch zu ihrem fast schon fixen 18.00 Uhr-Termin hier sein. Genauer gesagt, er schafft es, wenn er schon um 17.30 Uhr das Haus verlässt. Das ist ungewöhnlich früh. Seine Kollegen schauen ihn schon verwundert an „hast Du jetzt einen Halbtagsjob?", aber das ist ihm neuerdings egal.

Timm berichtet ihnen von der Nacht von Dienstag auf Mittwoch.
„Zwei Typen wollten den Wassermotor stehlen, stellt euch das mal vor. Sie haben sich allerdings so schusselig angestellt, dass selbst ich, mit meinem tiefen Schlaf, aufgewacht bin. Und ich habe auch eine Ahnung, wer das gewesen sein könnte".

„Ich habe den Winfried Hammerl in Verdacht, unseren Automechaniker. Der war irgendwie komisch, am Samstag. Hat uns verdammt misstrauisch nachgeschaut."

Die anderen Beiden sind konsterniert.

„Wir haben doch so aufgepasst, sagt Bodo K., „wie kann denn das passieren? Und was könnten die vorhaben?".

Sie sind ratlos. Es ist Wolf, der sie wieder zurück in die Spur bringt.

„Was auch immer die vorhaben, wir müssen damit rechnen, dass sie es wieder versuchen. Der Wassermotor muss an einen sicheren Ort. Lasst ihn uns in ein Bankschließfach bringen, den Schlüssel verstecken wir an einem sicheren Ort. Da wird uns schon was einfallen".

Alle sind einverstanden. Sie vereinbaren, zur Sicherheit gleich noch zwei weitere Motoren zu bauen und die bei anderen Banken zu deponieren. Timm übernimmt das.

„Unser Problem ist damit allerdings noch nicht ganz gelöst", meint Bodo, „ich kenne den Winfried Hammerl nicht, aber was ist, wenn die wirklich gewalttätig werden und versuchen, den Wasser-motor herauszupressen?"
Ihn schaudert bei dem Gedanken.

Timm hält das für sehr unwahrscheinlich.
„So ein Diebstahl würde vielleicht zu Winfried passen, aber gewalttätig ist der bestimmt nicht", versucht er zu beruhigen.

Wolf sieht das etwas anders, „wir wissen nicht, was der oder die vorhaben. Mir wäre wohler, wir würden mit allem rechnen und uns vorbereiten. Was haltet Ihr denn davon, wenn wir eine Attrappe in das Auto einbauen. Ein Fake, das vielleicht auch auf den zweiten Blick eine Art Motor sein könnte? Muss ja nicht funktionieren". Wolf bekommt Zustimmung. Timm hat da auch schon eine Idee.

***

17

Ihr Engpass ist die Patentierung; genug Zeit also, sich über die weitere Vorgehensweise Gedanken zu machen. Timm und Bodo K. sind sich darüber einig, dass eine eigene Vermarktung des Wassermotors einige Nummern zu groß für sie sein würde. Außerdem würde es einen immensen Arbeitsaufwand bedeuten, den sie sich nicht zumuten wollen. Von ihrer Qualifikation ganz zu schweigen.

Wolf sieht das ähnlich. „Dann lasst uns doch mal überlegen, wer das größte Interesse an dieser Erfindung haben könnte. Mir fallen da zunächst mal die Öl- und Gasländer ein, Opec und so. Die würden den Wassermotor allerdings verschwinden lassen. Der würde nie gebaut werden. Das wollen wir sicher nicht."

„Dann hätten wir die großen Energieunternehmen. Esso, Shell, Aral, RWE, EON und wie die alle heißen. Auch die dürften mehr Interesse daran haben, dass der Motor verschwindet als dass er gebaut wird".

Nach einigem Hin und Her beschließen sie, die Patente an die Bundesregierung zu verkaufen. Damit, darin sind sie sich einig, haben sie die Stelle, die sich wirklich um eine Vermarktung kümmern wird und kann. Und sie tun auch noch ein gutes Werk für ihr Land.

Alles muss natürlich höchst vertraulich gehandhabt werden. Nur ein sehr kleiner Personenkreis darf informiert werden und noch weniger Personen dürfen ihre Namen erfahren. Sie haben einfach zu viel Angst. Schließlich ist das, was sie hier auf den Weg bringen, eine Energierevolution erster Güte. Bedeutungsvoll blicken sie sich an.

Bodo ist ganz ergriffen. Ich, denkt er, ich kleiner Abteilungsleiter bei einer Versicherung – Energierevolution erster Güte. Wenn das Frau K. wüsste.

„Die Frage ist", meldet sich Wolf wieder zu Wort, „die Frage ist, was können wir von der Regierung verlangen, was sollen wir von der Regierung verlangen? Ich habe noch keine rechte Vorstellung über die monetären Dimensionen dieser Geschichte. Bodo K. und Timm schauen sich an, heben die Augenbrauen, Banker halt.

Sie fangen an zu recherchieren, zu googeln. Verlässliche Zahlen bekommen sie nicht, jedenfalls nicht weltweit, wie sie das gerne hätten. Aber die Zahlen für Deutschland erscheinen einigermaßen plausibel. Wenn sie das dann hochrechnen, Industrieländer anders gewichten als Wachstums- oder Entwicklungsländer, dann bekommen sie eine Zahl, die sie blass werden lässt.

Die weltweiten Ausgaben für Energie belaufen sich demnach auf etwa 2,8 Billionen Euro pro Jahr. Sie schauen sich an,
„Mein Gott, sagt Bodo, „was für eine Zahl".

„Ja" gibt er sich selbst Antwort, „ wenn sich alle auf den Wassermotor stürzen sollen, dann muss das ja für alle Abnehmer auch deutlich günstiger werden als bisher. Also lasst uns doch mal überlegen, wie wir das darstellen wollen".

Am Ende einer langen Diskussion, die im Wesentlichen von Wolf geprägt wird, einigen sie sich darauf, dass es für die Industrieländer eine Ersparnis von 50% geben sollte, die Wachstumsländer sollten 70% weniger zahlen und die Entwicklungsländer sogar 90%. Das, davon sind sie überzeugt, wäre ein starker Anreiz, den Wassermotor durchzusetzen.

Die Bundesregierung soll die Lizenzen vergeben. Die Einnahmen daraus würden sich demnach auf etwa 800 bis 900 Milliarden Euro pro Jahr belaufen. Mehr als das Doppelte des derzeitigen Bundeshaushaltes. Das würde Deutschland zu einem der reichsten Länder der Welt machen.

Wow, denkt Bodo K., nicht schlecht für einen Mittagsschlaf auf dem Monte Baldo. Eine Beteiligung, in welcher Höhe auch immer, an diesen riesigen Beträgen, macht aus ihrer Sicht wenig Sinn. Jeder sollte sich einfach überlegen, wie viel Geld er wofür brauchen könnte, dann hätten sie ihren „Verkaufspreis".

***

18

Seit Wochen liegt eine bleierne Hitze über der Stadt, obwohl es erst Ende Juni ist. Geregnet hat es auch schon länger nicht mehr. Genau wie im letzten Jahr. Gestern mussten sie aus einem Seitenarm des Rhein, der seine Verbindung zum großen Fluss verloren hatte, Fische mit einem Köcher herausholen und umsetzen. Sie wären sonst erstickt.

Jetzt ist es 11.00 Uhr morgens, und das Thermometer hat schon fast die 30°- Marke erreicht. Selbst Bodo K., der eigentlich Hitze gut verträgt (niedriger Blutdruck und so), wischt sich den Schweiß von der Stirn.

Na ja, denkt er, Erderwärmung halt. Früher musste man nach Italien fahren, um ein bisschen Sonne zu tanken. Heute ist man froh, wenn es mal regnet. Bald ist es damit vorbei. Wenn der Wassermotor erst im Einsatz ist, hat es ein Ende mit den Co2-Emmissionen. Dann werden wir sehen, ob es daran liegt.

Er müsste mal wieder bei dem Patentanwalt anrufen. Der soll nicht denken, er hätte alle Zeit der Welt mit seinen Patentierungen. Aber er hat keine rechte Lust heute. Ist etwas träge geworden in den letzten Tagen. Zuerst wusste er vor lauter Aufgaben nicht, was er zuerst machen sollte. War voll im Stress. Jetzt, nachdem er gekündigt hat, hat er eigentlich nichts mehr zu tun. Alles hängt am Patentanwalt.

Er ruft ihn dann doch an. Erfährt von Dr. Meininger, dass man voll im Plan sei. Die Anträge an das Deutsche Patentamt seien schon vor Wochen raus. In Kürze erwartet er die Zusagen für Deutschland und die europäischen Vertragsstaaten. Russland, USA, Kanada und Australien seien beantragt. Jetzt hänge man von der Schnelligkeit der dortigen Behörden ab.

Alle Anträge seien wie besprochen so verschleiert, dass niemand in den dortigen Ämtern erkennen dürfte, um was es sich handelt.

Er sei mit dem Stand mehr als zufrieden. Einzig die asiatischen Staaten, allen voran China und Japan, seien noch nicht beantragt. Auch die afrikanischen Länder seien noch offen. Für beide Kontinente gelte, dass aufwendige, spezifische Anforderungen umfangreiche Recherchen erforderlich machten. Er habe aber drei seiner besten Mitarbeiter darauf angesetzt und sei zuversichtlich, das in den nächsten zwei – drei Wochen auf den Weg zu bringen. In diesem Zusammenhang bittet er um eine Zwischenzahlung von weiteren 20.000 Euro.

„Ja", sagt Bodo K., „ich werde das in den nächsten Tagen überweisen. Danke für Ihren Einsatz und bleiben Sie bitte am Ball. Die Sache drängt, Sie sehen ja, wie heiß es heute schon wieder ist".

***

19

Am darauf folgenden Dienstag rafft sich Manni endlich auf, seinen Fahrerkollegen in der russischen Botschaft in Berlin anzurufen. Er heißt Karsten, ein schlanker, dunkelhaariger Typ, dürfte Mitte 30 sein. Seine Handy-Nr. kennt er aus der Teilnehmerliste des Fahrertrainings. Winfried drängte ihn schon seit Tagen.

Er ist ziemlich aufgeregt. Auf keinen Fall will er diesen Kontakt vermasseln. Beim ersten Anruf kommt nur der Hinweis „Teilnehmer derzeit nicht erreichbar". Zwei Stunden später klappt es endlich, Karsten nimmt ab. Manni erklärt ihm ziemlich umständlich, wer er ist und woher sie sich kennen. Karsten erinnert sich vage. Es geht um ein wichtiges Thema. Übermorgen sei er eh in Berlin, so Manni, ob sie sich da nicht mal auf einen Kaffee oder so treffen könnten?

Übermorgen ist Donnerstag, da könne er nicht, ständige Fahrbereitschaft. Ob er auch Freitag Vormittag noch in Berlin sei?

Ja, ja, sei er, versichert Manni. Sie verabreden sich am Potsdamer Platz, im Cafè Schreiner.

Ich hab's geschafft Winfried, denkt Manni, ich hab's nicht vermasselt.

***

20

Als sich Manni mit Karsten im Café Schreiner am Freitag trifft, ist natürlich auch Winfried dabei. Er soll die technische Seite des Plans abdecken und ein Auge auf Manni werfen. Das hatte er zwar nicht angesprochen, aber das war auch nicht nötig.

Manni stellt ihn vor und nach einigem Vorgeplänkel kommt schließlich Winfried zur Sache. „Wir haben eine hochbrisante Information für Ihren Botschafter und da Sie als Fahrer Zugang zu ihm haben, dachten wir, Sie könnten einen Kontakt zu ihm herstellen".

Karsten schaut ihn misstrauisch an. „Sie sind schlecht informiert. Ich bin nicht der Fahrer des Botschafters sondern des Attachè. Und selbst ein Kontakt mit dem russischen Attaché ist nicht möglich. Da käme ich in des Teufels Küche.

Den Botschafter können Sie komplett vergessen. Wenn Sie eine Information für den Attaché haben, dann sagen Sie es mir und ich, und nur ich, spreche mit ihm. Wenn mir das sinnvoll erscheint. Also, um was geht es?"

Und Winfried berichtet über den Elektromotor, der eigentlich gar kein Elektromotor sein kann und über das merkwürdige Verhalten der beiden Erfinder und seinen Verdacht, einer großen Sache auf der Spur zu sein. Aber die Namen dieser Leute könne er erst preisgeben, wenn eine Belohnung von einer Million Euro gezahlt worden wäre.

Der Fahrer des Attaché denkt, was tischen mir diese zwei Gestalten für einen Blödsinn auf. Ein Elektromotor, der gar kein Elektromotor ist. Wenn ich das dem Attaché erzähle, lacht der mich aus. Laut sagt er, „eine etwas wundersame Geschichte. Da muss ich erstmal drüber nachdenken, ob ich es riskiere, den Attaché damit zu belästigen. Ich melde mich".

Winfried und Manni reden noch einmal auf ihn ein, versuchen mit aller Macht ihn zu überzeugen. Aber es bleibt dabei – er meldet sich.

Als die Beiden gegangen sind, bleibt Karsten sitzen, bestellt sich noch einen Capuccino. Er muss nachdenken. Und wenn an der Sache doch etwas dran ist? Wenn da tatsächlich eine Erfindung gemacht wurde, mit der ein Auto ohne Benzin oder sonst was fahren könnte? Man weiß ja nie. Dann würden Russland Milliardeneinnahmen wegbrechen.

Andererseits – was interessiert ihn Russland. Er hat lediglich einen Job an der Botschaft. Genau so gut könnte er für irgendeinen Unternehmer fahren.

Aber er wittert eine Chance. Eine Million wäre natürlich ein Witz. Er könnte auch zehn Millionen verlangen, gibt den beiden Autofritzen eine ab und wäre ein reicher Mann.

Nur, wie soll ich das anstellen? Er muss nachdenken.

***

„Was sind den jetzt die nächsten Schritte. Wo stehen wir?" Wolf ist aus München zurück.
„Die Patente laufen", berichtet Bodo, „Wir wollten uns überlegen, wie viel Geld wir haben wollen. Und – auch nicht ganz unwichtig – wie wir Kontakt zur Bundesregierung bekommen".

Alle Drei lehnen sich genüsslich zurück. Das Lieblingsthema – Geld, für alles, was ihnen so einfällt. „Wir können praktisch verlangen, so viel wir wollen. Grenzen gibt es eigentlich nicht. Bodo, Du als Erfinder hast den ersten Zugriff".

Bodo nennt zehn Millionen, die würden ihm reichen. Doch er wird an seine zwei Kinder erinnert, deren Zukunft er ja mit absichern sollte. Und was ist mit seiner Frau? Außerdem muss das Geld bis ans Lebensende reichen und die Inflation und dann noch die mageren Zinsen in den letzten Jahren. Da gäbe es so gut wie keine Erträge. Nein, nein, zehn

Millionen seien viel zu wenig. Ob er denn keine Wünsche hätte? Was mit einem Haus am Gardasee sei, das sei doch immer sein Traum gewesen. Und ob er eine Ahnung hätte, was so ein Haus dort kosten würde.

Sie reden auf ihn ein, wollen ihn hochtreiben. Nicht ganz uneigennützig. Und Bodo K. denkt, sie haben eigentlich recht. Das ist auch viel zu wenig.
„Was haltet Ihr von einhundert Millionen?"

Jetzt kommen Sie zusammen. Timm sagt, „wir brauchen eine angemessene Abstufung. Bodo hat's erfunden – 200 Millionen. Ich hab's weiter entwickelt - 100 Millionen und Wolf berät und finanziert uns – 20 Millionen. Was meint Ihr?"

Alle drei finden das gut. Wolf meint noch, „wir sollten uns bei der Bundesregierung als kleines Forscher-team ausgeben, ohne die Teamgröße zu nennen. Aus Verschleierungsgründen, Ihr wisst schon. Lasst uns 350 Millionen für das ganze Team verlangen, dann haben wir noch Reserve für was auch immer".

So wollen Sie es machen.

**

21

„Es gibt da ein paar Dinge, über die zwischen uns keine Missverständnisse aufkommen sollten." Der Attaché blickt ihn mit kalten Augen an. Jede Freundlichkeit ist aus seiner Stimme verschwunden.

„Sie sind mein Fahrer, nicht mehr und nicht weniger. Von meinem Fahrer erwarte ich Zuverlässigkeit und absolute Verschwiegenheit. Ich muss Ihnen uneingeschränkt vertrauen können. Und konspirative Treffen mit solchen… Spinnern untergraben diese Vertrauensstellung".

Der Attaché ist an diesem Morgen denkbar schlecht gelaunt. Der Botschafter hat ihn gestern Abend auf dem Treffen mit Vorständen zweier großer deutschen Unternehmen wie einen Schulbuben behandelt.

„Sie waren doch in Urlaub, da sind sie bestimmt frisch gestärkt. Machen Sie uns doch mal ein paar Fotokopien". Er hatte sich maßlos geärgert. Ihn so

vorzuführen! Seither hat er wieder dieses Sod-
brennen. Als würde ihm ein glühender Faden durch
die Speiseröhre gezogen.

„Also Karsten, ich will von solchem Unsinn nichts
mehr hören", erklärte er, jetzt etwas milder gestimmt.
„Eine solche Technik gibt es nicht, kann es nicht
geben. Das verstößt gegen jedes physikalische
Gesetz. Machen Sie das Auto fertig. Wir haben um
13.00 Uhr einen Termin in Düsseldorf".

Karsten war klar – hier war nichts mehr zu machen. Er
hatte es schon befürchtet, es war schwer mit dem
Attaché zu reden. Zu sehr auf seinen Status be-
dacht.

Aber er würde nicht aufgeben. Vielleicht würde ihm
ja noch etwas anderes einfallen. Und ihm fiel etwas
ein, sogar etwas ziemlich gutes. Ja, denkt er, das ist
die einfachste Lösung. Sollte eigentlich funktionieren.

Als er wieder aus Düsseldorf zurück ist, ruft er Winfried
an, nicht von seinem Handy, zu gefährlich, sondern
von einer öffentlichen Telefonzelle.
„Ich habe mit dem Attaché gesprochen. Am
Anfang war es sehr schwierig, aber ich konnte ihn
überzeugen. Er ist mit der Zahlung des geforderten
Betrages einverstanden. Wir sollten uns noch mal
treffen. Wir werden ein Schriftstück vorbereiten und
dann Fakten schaffen. Es muss jetzt aber schnell
gehen."

Schon am nächsten Tag treffen sie sich, diesmal auf
neutralem Boden, in Leipzig. Winfried hat zu Hause
alles stehen und liegen lassen.

Karsten legt ein Papier vor, natürlich ohne Briefkopf der Botschaft, wegen des inoffiziellen Charakters der Vereinbarung, wie er erklärt. Darin ist viel von „geheim" und „streng vertraulich" die Rede und auch von einer verpflichtenden Zahlung von einer Million Euro. Das Papier ist mit einer unleserlichen Unterschrift versehen. Winfried und Manni verstehen vor lauter Aufregung gar nicht, was da alles steht. Nur die „eine Million" tanzt ihnen vor Augen.

„Sowie ich Namen und Adresse der Person erfahre, darf ich Euch das Papier aushändigen. Dann habt Ihr eine verbindliche Zusage in der Hand". Winfried schaut Manni an, Manni schaut Winfried an. Der hat keine Meinung, denkt Winfried, ich muss das alleine entscheiden. Er zögert.

Karsten macht kurzen Prozess.
„Wenn Ihr nicht einverstanden seid, nehme ich das Papier wieder mit".
„Doch, doch" ruft Winfried, der die Million entschwinden sieht und nennt Name und Adresse von Timm.

„Wann bekommen wir denn das Geld?"
„Sobald wir überprüft haben, dass Eure Angaben zutreffen. Das kann aber noch ein bisschen dauern, denn jetzt müssen andere Stellen eingeschaltet werden. Das macht die Botschaft natürlich nicht selbst". Er zwinkert den Beiden zu.

***

22

Karsten ist jetzt 36 Jahre alt, seit vier Jahren zusammen mit Jessica, einer Anwaltsgehilfin. Keine Kinder, sie wollen auch keine. Sie wohnen in Potsdam, nicht in der Charlottenstrasse, aber nah genug, um immer wieder die Prachtbauten dort zu sehen. Irgendwann, so denkt er, wenn er in seiner 2½-Zimmer-Wohnung ist, irgendwann eines dieser tollen Häuser am Griebnitzsee besitzen….das wär's.

Eigentlich wollte er nie Chauffeur werden, er hatte nicht mal daran gedacht. Aber nach dem Abitur wusste er nicht, was er machen sollte. Studieren, arbeiten, Ausbildung? Er entschied sich dann, erstmal die Welt kennen zu lernen. Verbrachte zwei Jahre in Australien, sogar vier Jahre in Neuseeland und noch ein Jahr in Sri Lanka. In all dieser Zeit sah er Vieles und lernte vor allem, sich mit allen möglichen Jobs über Wasser zu halten.

Wieder in Deutschland zurück, er war in diesen sieben Jahren nur zweimal zu Hause gewesen, weil seine Eltern drängten, fasste er schwer Fuß. Ein guter Bekannter besorgte ihm dann einen Job in der Fahrbereitschaft der Botschaft. Irgendwann stieg er auf und ist jetzt seit drei Jahren Chauffeur des Attaché. Er hat durchaus Gefallen daran gefunden, in einem Audi A8 durch die Gegend zu fahren.

Jetzt ist er auf dem Weg nach Wiesbaden, mit seinem unauffälligen privaten Auto. Sein outfit hat er sich gut überlegt. Er trägt einen schwarzen Anzug, eine schmale schwarze Krawatte und natürlich eine dunkle Sonnenbrille. Die Haare zurückgegelt. So sehen immer die Geheimagenten aus. Außerdem ist es ganz gut, wenn er nicht gleich nach Karsten aussieht, man weiß ja nie. Als er bei Timm klingelt, ist er ganz in seiner Rolle.

„Guten Tag, mein Name ist Romanev, sind Sie Herr Timm Haller?" Er spricht deutsch mit einem harten russischen Akzent, hundertmal gehört. „Kann ich Sie kurz sprechen?"

Timm zögert, mit diesem Besucher kann er nichts anfangen.
„Es geht um Ihre Erfindung", ohne Umwege geht Karsten auf sein Ziel los.

Timm bittet ihn dann doch herein, nicht ohne zu sagen, dass er von einer Erfindung nichts weiß. Karsten lässt sich nicht beirren, er hat sich alles genau überlegt.

„Wir haben folgende Situation: Ich wurde von dritter Seite auf Ihre Erfindung angesprochen. Man hat mich gebeten, meine Botschaft zu informieren. Gegen entsprechende Belohnung, versteht sich.

Offenbar besteht die Absicht zu verhindern, dass diese Erfindung auf den Markt gebracht wird. Mit welchen Mitteln auch immer".

„Bisher hat es keinerlei Kontakte von mir oder von dritter Seite an die Botschaft gegeben. Ich kann mir vorstellen, dass Sie diesen Status aufrechterhalten wollen. Gegen eine angemessene Aufwandsentschädigung bin ich bereit, das Thema unter Verschluss zu halten. Ich werde mich auch darum kümmern, dass die dritte Seite in gleicher Weise verfährt."

Timm versucht, das alles zu verarbeiten. Ist das ein Russe? Von der Botschaft? Nein, ganz inoffiziell. Der will Geld, damit er schweigt. Oh Mist, was mach ich denn jetzt, denkt er. Zeit gewinnen.

„Ich weiß nicht, von welcher Seite Sie über diese angebliche Erfindung informiert wurden. Aber ich kann Ihnen sagen, dass es eine solche Erfindung nicht gibt. Jedenfalls nicht von mir. Was soll das überhaupt für eine Erfindung sein?"

Karsten hat mit dieser Ausrede gerechnet. "Sie sollten uns dieses Versteck spielen ersparen. Wir haben gesicherte Erkenntnisse. Sollten wir uns nicht verständigen können, bleibt mir nur der offizielle Weg über die Botschaft. Ich bezweifle, dass das in Ihrem Interesse ist".

Der weiß Bescheid, denkt Timm, das bringt so nichts. „Wenn Sie von *Aufwandsentschädigung* reden, was meinen Sie damit, und welche Garantien können Sie mir geben?"

„Meine Aufwandsentschädigung beträgt zehn Millionen Euro. Damit ist auch die dritte Seite abgedeckt. Und meine Garantie ist denkbar einfach. Da Sie die zehn Millionen Euro erst zahlen können, wenn Sie Ihre Erfindung erfolgreich platziert haben, stimmen unsere Interessen perfekt überein. Sie können, sofern wir uns verständigen, zu hundert Prozent mit meiner Diskretion rechnen.

Klingt schlüssig, denkt Timm.
"Ich muss das mit meinen Partnern besprechen. Lassen Sie mir Ihre Telefon Nr. da, ich rufe Sie an".
„Ich rufe lieber Sie an".

***

23

„Gestern war ein merkwürdiger Typ da", berichtet Timm am nächsten Tag seinen Partnern. „Sah aus wie ein Geheimagent und sprach mit russischem Akzent. Wie auch immer, jedenfalls hat er irgendwie Wind von dem Wassermotor bekommen und will zehn Millionen Euro dafür, dass er seine Botschaft nicht informiert".

„Mist, jetzt ist genau das passiert, was wir immer verhindern wollten", Bodo K. rutscht unruhig in seinem Sessel herum.
„Was machen wir denn jetzt? Auf keinen Fall darf das bei den Russen aufschlagen. Wir wären unseres Lebens nicht mehr sicher".

„Also der Typ wirkte unglaublich souverän. Er sprach auch mehrfach von einer „dritten Seite", die er aber wohl im Griff hat. Ich habe ihn natürlich nach einer Garantie gefragt. Was er sagte, klang sehr plausibel. Wir müssten ja erstmal die zehn Millionen haben, bevor wir zahlen könnten. Und die hätten wir erst, wenn der Motor auch verkauft wäre, das Geschäft also abgeschlossen sei".

„Ich finde, wir sollten kein Risiko eingehen", meint Wolf. „Da wir mehr Geld kriegen können, als wir überhaupt wollen, sollten wir dem Geheimagenten die zehn Millionen zusagen. Wir haben eh dreißig Millionen Reserve eingebaut".

Alle stimmen zu. Kein Risiko, schon gar nicht wegen zehn Millionen. Jetzt müssen sie nur noch an die Bundesregierung herantreten, am besten ganz oben, bei der Bundeskanzlerin. Wolf übernimmt diese Aufgabe, er hat den stärksten Auftritt.

Wolf probiert es am darauf folgenden Tag zunächst über den Kanzleramtsminister. Man wimmelt ihn ab. Der Minister sei derzeit nicht erreichbar. Um was es denn gehe?

Daraufhin versucht er es bei einem Staatssekretär im Kanzleramt. Es funktioniert nicht, das gleiche Ergebnis. Ihm fällt ein, dass sein Investment-Dachverband, der BVI, der eine Reihe von Lobby-aufgaben in Berlin wahrnimmt, vielleicht Kontakt herstellen könnte.

Dort sagt man ihm, dass man natürlich eine Reihe von Kontakte habe, aber halt nur ins Wirtschafts- und Finanzministerium. Und wieder die Frage, was er denn erreichen wolle. Er legt dann auf, Namen hat er keine. Verdammt ist das schwierig.

***

24

Ein Zufall kommt ihnen zu Hilfe. Bodo K. und Timm gönnen sich angesichts der bevorstehenden Geldflut einen Abend in Wiesbadens berühmtestem Steakhaus, dem „Porter".

Der Kellner präsentiert Ihnen auf einem großen Tablett die Fleischauswahl. Natürlich zuerst ein riesiges Porterhouse-Steak, Ribeye-Steak, diverse Wildfilets und als Krönung ein Kobe-Dry-aged-Steak für sagenhafte 450,- Euro. Das ist ihnen dann doch zu dekadent. Sie entscheiden sich gerade für das Porterhouse-Steak als die Tür aufgeht und der hessische Ministerpräsident hereinkommt. Offenbar nur begleitet von seiner Frau.

Ohne großes Tamtam wird er auf einen leicht abgeschirmten Platz an der linken Seite des Restaurants geleitet. Nur wenige Gäste haben ihn bemerkt und das ist ihm auch sehr recht.

Timm schon. Er stößt Bodo an „hast Du das gesehen? Der Bouffier ist gerade gekommen. Was meinst Du, sollen wir mit ihm sprechen? Vielleicht kann er uns einen Termin bei der Kanzlerin besorgen".

Bodo ist allein schon die Vorstellung mehr als unangenehm. Da jetzt hinzugehen – der lässt sie garantiert gnadenlos abblitzen. Er windet sich. Andererseits, sie haben nichts zu verlieren. Es ist eine Chance, und mehr als „lassen sie mich in Ruhe" wird er sicher nicht sagen. Bodo gibt sich einen Ruck. „Ich gehe jetzt hin".
„Bodo warte, überleg doch erst, was Du sagen willst", ruft Timm noch hinterher. Aber der ist schon unterwegs.

„Guten Abend gnädige Frau, gute Abend Herr Ministerpräsident. Ich will Sie nicht stören, aber ich muss, es ist wichtig". Er hält kurz inne und lächelt den Ministerpräsident charmant an. Bodo K. hat dazugelernt. Volker Bouffier, der noch die Speisekarte in der Hand hält, reagiert jedenfalls nicht ablehnend.

„Dann schießen Sie mal los junger Mann, aber fassen Sie sich kurz" merkt er mit seiner tiefen, rauchigen Stimme an und nickt faltig. Und Bodo K. erzählt in aller Kürze, dass sie eine große Erfindung auf dem Energiesektor gemacht haben, diese Erfindung der Bundesregierung übergeben wollen, es aber nicht schaffen, einen Termin bei der Kanzlerin zu bekommen.

Der Ministerpräsident hat durchaus interessiert zugehört. „ Kommen Sie morgen früh um 10 Uhr in die Staatskanzlei, melden Sie sich bei Herrn Fricke und bringen Sie Ihre Erfindung mit. Ich will sie mir vorher ansehen". Er wendet sich wieder seiner Speisekarte zu und Bodo K. ist entlassen.

„Wie ist es gelaufen?" fragt Timm atemlos.
„Morgen früh haben wir einen Termin bei ihm. Vorher musst Du noch den Mercedes startklar machen. Ich glaube, das wird der Durchbruch".

Das Porterhouse-Steak schmeckte unübertrefflich.

***

25

Der Ministerpräsident ist gut aufgelegt, wie meistens. Seine unprätentiöse Art kommt Bodo sehr entgegen. Er stellt Timm vor, Mitglied des kleinen Forscherteams. Berichtet, dass sie schon seit vielen Jahren an der Lösung des Problems arbeiten würden und vor einem Jahr den Durchbruch erzielt hätten. Seither laufe die Patentierung, was sehr viel Zeit koste.

„Ja, was haben Sie denn erfunden? Ich möchte das gerne mal sehen", meldet sich der MP. „Übrigens haben Sie sehr viel Glück", merkt er grinsend an, „der Dalai Lama hatte für heute einen Termin, den er leider absagen musste, so dass ich jetzt gewissermaßen Freizeit habe, die ich gerne mit jungen Forschern und Erfindern verbringe. Also, schießen Sie mal los". Er lehnt sich erwartungsvoll zurück.

Timm holt das schwarze Kästchen heraus „das ist er, der Wassermotor. Wird von ganz normalem Wasser angetrieben, kein Wasserstoff. Allerdings können Sie nicht viel erkennen, wie ich zugeben muss. Deshalb haben wir einen zweiten Motor in ein Auto eingebaut, eine schwere Mercedes S-Klasse. Wenn Sie etwas Zeit erübrigen können, dann führen wir Ihnen das Auto gerne vor".

Der Ministerpräsident kann und will auch. Er bittet einen Mitarbeiter hinzu, scheint eine Art bodyguard zu sein, und Beide schauen sich den Mercedes genau an. Nicht so gründlich wie Wolf damals, aber offenbar doch so, dass sie keine Zweifel mehr haben.

„Ich bin gespannt" sagt Bouffier als er neben seinem Bodyguard auf dem hinteren Sitz Platz nimmt. Timm hat die Motoreneinstellung auf 400 KW belassen und fährt erstmal gemächlich los.

„Bevorzugen Sie eine bestimmte Strecke?"
„Fahren Sie mal Richtung Frankfurt, da sollte jetzt nicht gar so viel Verkehr sein", gibt Bouffier die Richtung vor. Als sie auf der Autobahn sind, warnt Timm „bitte festhalten" und gibt Vollgas. Ein Ferrari würde nicht schneller beschleunigen. Sie werden in die Sitze gepresst, die Köpfe knallen an die Kopfstützen. Der alte Mercedes schießt davon. Alles ohne jedes Motorgeräusch.

Der Ministerpräsident ist beeindruckt.
„Wahnsinn, was Sie da erfunden haben. Ich denke, es gibt triftige Gründe, die Bundeskanzlerin einzuschalten. Ich freue mich schon auf ihr Gesicht, denn ich werde dabei sein. Herzlichen Dank, meine Herren, und jetzt bitte umkehren".

Sie vereinbaren Stillschweigen über die Erfindung, auch zunächst der Kanzlerin gegenüber. Volker Bouffier reibt sich vergnügt die Hände.

***

26

Anfang September, 11.00 Uhr, ist der Termin. Sie hätten 10 Minuten. Der hessische Ministerpräsident habe ohnehin eine Unterredung mit der Kanzlerin, das vereinfache die Angelegenheit. Er hätte nichts über die Art ihrer Erfindung weitergegeben.

Um 10.00 Uhr sind sie im Kanzleramt. Das Einlassprocedere ist erstaunlich problemlos. Sie sind mit der alten Mercedes S-Klasse und dem eingebauten Wassermotor gekommen, falls es notwendig würde, die Einsatzfähigkeit zu demonstrieren. Einen weiteren Wassermotor haben sie in einem Aktenkoffer mitgebracht. Der wird durchleuchtet, aber ohne weitere Nachfrage durchgewunken. Das erscheint ihnen schon etwas nachlässig, sie haben aber nichts dagegen.

Vor dem Büro der Kanzlerin müssen sie noch einige Minuten warten, dann öffnet ein Mitarbeiter die Tür, spricht wohl mit der Kanzlerin und sagt dann „die Erfinder". Offenbar weiß die Kanzlerin mit den

Namen nichts mehr anzufangen. Sie ist immer noch etwas müde. Das halbe Kabinett saß bis gegen 4.00 Uhr heute Morgen zusammen.

Einziges Thema war, was die Bundesregierung in Sachen Klimaschutz sowohl kurzfristig als auch perspektivisch unternehmen könne. Die Kanzlerin übte Druck auf die zuständigen Minister aus.
„Wir brauchen Lösungen. Diese Freitagsdemonstrationen setzen uns zu und die Grünen werden zu einer beängstigenden Größe. Mit einem Kohleausstieg in 2038 und unfruchtbaren Diskussionen über CO_2-Zertifikate ist es nicht mehr getan. Und ob wir mit Elektrofahrzeugen auf dem richtigen Weg sind, scheint mir auch keineswegs gesichert. Bis die hunderte von Kilogramm an Batterien im Auto sind, ist das CO_2-Kontingent alleine durch die Produktion schon fast aufgebraucht.“

Sie hatten die halbe Nacht diskutiert. Einige recht brauchbare Ansätze entwickelt, die weiterverfolgt werden sollen, aber der ganz große Wurf war noch nicht dabei. Umweltministerin, Wirtschaftsminister und Finanzminister sind beauftragt, bis zum Wochenende ein tragfähiges und finanzierbares Konzept vorzulegen.

Der Mitarbeiter winkt die Erfinder herein und schließt dann die Tür von außen. Sie stehen der Kanzlerin gegenüber, die sie freundlich anlächelt. „Mein Finanzminister ist gerade hier, ich hoffe, das stört Sie nicht. Und der hessische Ministerpräsident auch, aber den kennen Sie ja bereits. Nehmen Sie Platz. Was kann ich für Sie tun?“

„Wir sind hier, um Ihnen unsere Erfindung vorzustellen. Und dass der Finanzminister gerade hier ist, ist wunderbar, passt thematisch ausgezeichnet" erwidert Bodo K. „den hessischen Minister-präsidenten hier wieder zu sehen, ist mir ebenfalls ein Vergnügen". Er lächelt ihm zu, der schmunzelt zurück. Man begrüßt sich. Er stellt Timm als Mitglied des Forscherteams vor.

„Möchten Sie einen Kaffee oder ein Wasser" fragt die Kanzlerin.
„Einen Kaffee, aber bitte nur, wenn er nicht von unserer Zeit abgeht". Jetzt ist Bodo doch etwas auf-geregt.

„Wenn Sie einverstanden sind, fange ich schon mal an" Bodo schaut pro forma fragend in die Runde „und stelle Ihnen so kurz ich kann die Fakten vor. Das hier (er packt das schwarze Kästchen aus) ist ein Wassermotor. Das Ergebnis 18-jähriger Arbeit unseres kleinen Forscherteams. Dieser Wassermotor wird betrieben mit ganz normalem Wasser aus dem Wasserhahn. Kein Wasserstoff".

Die Kanzlerin richtete sich interessiert in ihrem Sessel auf.

„Der Wassermotor leistet bis zu 500 KW und verbraucht – gemessen in einem 2 ½ Tonnen schweren Mercedes – 1 Liter Wasser auf 1.000 km."

Kanzlerin und Finanzminister richten sich kerzen-gerade auf und sagen unisono „Was!!" Bodo hat jetzt ihre uneingeschränkte Aufmerksamkeit. Volker Bouffier grinst und lehnt sich zurück.

„Die Schadstoff-Emissionen dieses Motors betragen Null. Wir sehen drei Einsatzbereiche", Bodo K. macht eine taktische Pause, blickt in die Runde, die ihm gebannt an den Lippen hängt, Timm nickt ihm ermunternd zu, und er fährt fort.

„Erstens: den gesamten mobilen Bereich, also PKW, LKW, Busse, Bahnen, Schiffe, Flugzeuge, alles was brummt.
Zweitens: Die Stromversorgung – künftig wird jedes Gebäude, egal ob Einfamilienhaus oder Wolkenkratzer seine eigene Stromversorgung haben, für ein paar Liter Wasser im Jahr. Ebenso alle Fabriken, Bürotürme oder was es sonst noch gibt.
Drittens: Heizung – sämtliche Heizungen können mit einer kleinen Umstellung auf eine Funktion ähnlich einer Nachtstromheizung mit dem Wassermotor betrieben werden."

Die Kanzlerin setzt zu einer Frage an. Bodo K. lässt sich nicht beirren.

„Sie wissen, was das alles bedeutet: Keine Co2 Emissionen mehr, massive Feinstaubreduzierung, Öl, Gas, Benzin, Diesel werden nicht mehr gebraucht. Allerdings auch keine Solaranlagen mehr und keine Windkraftanlagen, keine Stromtrasse, keine Gaspipelines, keine Braunkohle, keine Atomkraftanlagen und was es sonst noch alles für Stromkraftwerke gibt".

Er macht jetzt erstmal eine Pause, denkt, mein Gott, ich bin ja selbst ganz ergriffen. Ich glaube, das wird etwas Historisches.

Die Augen der Kanzlerin leuchten. Das wäre der größte Beitrag für die Umwelt, den es je gegeben hat. Sie springt auf, geht zu ihrem Schreibtisch, drückt auf die Sprechanlage „sagen Sie meine Termine für heute alle ab. Danke."

Zum ersten Mal äußert sich der Finanzminister „Wie können wir sicher sein, dass das Gerät auch funktioniert?" Er schaut den Erfinder mit leichtem Misstrauen an. Der hessische Ministerpräsident will sich einschalten. Macht es dann doch nicht. Seine beiden Forscher werden das schon hinbekommen.

„Nun, es gibt zwei Möglichkeiten. Zum einen sind wir mit dem Auto da, in das der Wassermotor eingebaut ist. Wir könnten damit fahren. Wenn Sie das nicht wollen, weil das zu lange dauert oder das Auto manipuliert sein könnte, kann ich Ihnen dieses Exemplar hier dalassen und Sie lassen die Leistung messen. Ich möchte Sie allerdings bitten, dieses Thema absolut vertraulich zu behandeln, den Kreis der Informierten so klein wie nur möglich zu halten und auf keinen Fall unsere Namen damit in Verbindung zu bringen."

Die Kanzlerin nickt „davon können Sie ausgehen. Mich würde interessieren, wie Sie weiter vorgehen wollen?"
„Wir haben darüber lange diskutiert", sagt Bodo, „in unserem gesamten Forscherteam. Wir erwarten in den nächsten Monaten die letzten Patentierungen. Dann wird der Wassermotor weltweit bis auf wenige Ausnahmen und natürlich nicht unter diesem Namen angemeldet sein. Wir wollen aber weder eine Eigenvermarktung noch eine Zusammenarbeit mit Energieunternehmen.

Wir alle sind der Meinung, dass eine solche Erfindung einer großen Gemeinschaft zugute kommen soll und damit sind wir bei der Bundesrepublik Deutschland. Wir möchten, dass vor allem unser Land profitiert und danach die ganze Welt". Er wird ein bisschen rührselig, muss schlucken.

„Deshalb haben wir uns dazu entschlossen, unsere Patente an die Bundesrepublik zu verkaufen". Bei dem Wort „verkaufen" macht er Anführungszeichen in die Luft.

„Nach unseren Recherchen belaufen sich die Ausgaben für Energie weltweit auf 2,8 Billionen Euro pro Jahr. Würde man die Lizenzgebühren so gestalten, dass alle Länder davon erheblich profitieren, zum Beispiel so, dass Industriestaaten nur die Hälfte der bisherigen Kosten aufwenden, Wachstums-Länder nur ein Drittel und Ent-wicklungsländer sogar nur ein Zehntel, dann hätten alle ein Interesse daran, den Wassermotor schnellstmöglich einzusetzen.

Die Einnahmen Deutschlands aus den Lizenzen würden sich nach unseren Berechnungen bei dieser Konstellation auf 600 – 700 Milliarden Euro pro Jahr belaufen."

Jetzt hat auch der Finanzminister leuchtende Augen. Der hessische Ministerpräsident ist sichtlich stolz auf seine Jungs, wie er die Beiden insgeheim nennt. Schließlich sind sie auch aus Wiesbaden und er hat sie gewissermaßen entdeckt. Die Kanzlerin ist beeindruckt. Angespannt nimmt sie einen Schluck Kaffee.

„Wir wären mit einmalig 350 Millionen Euro einverstanden" sagt Timm, der sich auch mal einbringen möchte.

„Das erscheint mir angemessen", so die Kanzlerin. „Wie kommen Sie gerade auf diesen Betrag?"
„Nun, jeder aus unserem Team durfte sich überlegen, wie viel Geld er für die Verwirklichung seiner Träume bräuchte. Der eine wollte ein Haus am Gardasee, der andere einen Ferrari, der Dritte ein soziales Wohnprojekt verwirklichen und so weiter. In der Summe kamen wir dann auf die 350 Millionen. Für uns viel Geld, gemessen am Projekt „Wassermotor" die Lizenzeinnahmen eines Vormittags."

„Gut" sagt die Kanzlerin, „gibt es noch Fragen?" sie schaut zu ihrem Finanzminister.

„Ja", sagt der, „durch diese epochale Erfindung werden allein bei uns hunderttausende Arbeitsplätze verloren gehen, es wird massive Probleme mit der Opec und vor allem mit Russland geben. Haben Sie dafür auch eine Lösung?" Die Kanzlerin runzelte die Stirn, ihr war diese Wendung sichtlich unangenehm.

Bodo K. schaltet sich wieder ein „Sie haben recht, Herr Finanzminister, es werden viele Arbeitsplätze verloren gehen. Aber es werden auch viele neue entstehen. Wir werden alleine in Deutschland etwa 100 Millionen Wassermotoren brauchen für die Erstausrüstung und dann weitere 30 Millionen in jedem Jahr. Die müssen produziert werden, die müssen eingebaut werden. Die Lizenzen sind weltweit zu vergeben. Da sind Verhandlungen zu führen, da muss kontrolliert werden. Das wird einen großen Apparat erfordern, mit hoch qualifizierten Mitarbeitern. Ich denke, ein Großteil der zum Beispiel in Energieunternehmen freigestellten Mitarbeiter kann genau hier sehr sinnvoll eingesetzt werden. Und schließlich steht Ihnen jedes Jahr eine Menge Geld ins Haus, mit dem Sie die Renten sanieren können, die Krankenversicherung auf neue Füße stellen können, Steuern senken und Schulden tilgen können. Und viele andere Dinge dazu."

Die Kanzlerin greift ein „Ich denke, das sollte fürs Erste genügen. Sie haben in der Tat eine unglaubliche Erfindung gemacht und ich möchte Ihnen und auch Ihrem gesamten Team meinen Glückwunsch aussprechen und Ihnen im Namen der Bundesregierung für Ihr Angebot danken. Ich bin ebenso wie Sie daran interessiert, die noch offenen Punkte schnellstmöglich zu klären. Wir haben jetzt eine Fülle von Aufgaben vor uns, die wir ohne Zeitverzug angehen werden. Seien Sie versichert, dass wir Ihrem Wunsch entsprechend nur eine kleine Anzahl wichtiger Mitarbeiter einbinden werden und das gesamte Thema streng vertraulich behandeln. Geben Sie uns bitte vier Wochen Zeit, dann sollten wir in der Lage sein, Fakten zu schaffen."

Man bedankt sich gegenseitig und verabschiedet sich.

Die Kanzlerin ist sichtlich angetan.
„Wenn das alles zutrifft, was uns die beiden Herren erzählt haben, dann stehen wir vor einer goldenen Zukunft. Natürlich werde wir das jetzt im Detail überprüfen, aber Volker, Du sagtest, Du hast das schon getestet, dieser Wassermotor würde funktionieren?"

„Ja", sagt der hessische Ministerpräsident, „ich habe daran keine Zweifel".

„Dann lasst uns an die Arbeit gehen"

***

Es dauert dann doch fünf Wochen, bis die ganzen Prüfungen und Berechnungen durchgeführt sind. Angesichts des Umfangs dieses gigantischen Projektes aber außergewöhnlich kurz. Eine Woche später werden die Verträge unterzeichnet und die Schecks ausgehändigt.

Bodo K. und Timm sind noch mal nach Berlin gefahren. Es war glücklicherweise eine kleine Runde. Die Kanzlerin, der hessische Ministerpräsident und der Kanzleramtsminister. Der Finanzminister war nicht dabei, wäre natürlich gerne dazu gekommen, hätte aber anderweitige Verpflichtungen.

Bodo war es nur recht, er mochte ihn nicht so besonders. War irgendwie kleinkariert. Die Kanzlerin hielt eine sehr nette kurze Rede, bedankte sich nochmals. Der dicke Kanzleramtsminister überreicht die Schecks, insgesamt 12 Stück. Darum hatten sie gebeten, um das kleine Forscherteam glaubwürdig zu halten.

***

Bodo, Timm und Wolf sind jetzt reiche Leute. Sie treffen sich abends wie gewohnt bei Timm. Zur Feier des Tages hat Wolf eine Flasche Dom Perignon mitgebracht.

Die Stimmung könnte eigentlich ausgelassen sein, aber Bodo ist doch eher nachdenklich. Sechsundzwanzig Monate ist es gerade her, dass er völlig konfus auf dem Monte Baldo aufgewacht ist und jetzt sitzen sie hier und sind allesamt Multimillionäre. Er kann es immer noch nicht glauben.

„Ich weiß nicht, wie es Euch geht, aber ich fühle mich heute irgendwie schwermütig", sagt er zu den anderen. „Vielleicht liegt das daran, dass unser großes Projekt nun abgeschlossen ist und nichts mehr zu tun bleibt. Was soll ich denn jetzt machen? Wo ist denn meine Aufgabe?"

Timm und Wolf können es nicht fassen.
„Ja, spinnst Du denn. Deine Aufgabe ist es, glücklich zu sein. Und alle Voraussetzungen dafür hast Du, nämlich 200 Millionen Euro. Such Dir jetzt Dein

Traumhaus am Gardasee, da hast Du schon mal genug zu tun. Dann kaufst Du Dir den kleinen Sportwagen, mit dem Du schon immer auf den Monte Baldo düsen wolltest. Dann richtest Du die Konten für die Zukunft Deiner Kinder ein und überlegst Dir, ob Du Deiner Exfrau etwas abgeben willst".

„Wenn Du mit allem fertig bist, sagst Du uns Bescheid, dann werden wir Dein Haus am Gardasee auf den Kopf stellen. Wir geben uns nur noch dem Vergnügen hin".

Bodo nickt ergeben.

***

29

Zwei Monate später ist eine Pressekonferenz anberaumt. Zu ungewöhnlicher Zeit, nämlich schon um 8.15 Uhr. Die Journalisten fragen extra noch mal nach, so früh könnten sie gar nicht aufstehen, da wären sie ja noch nicht wach. Diesmal hat es individuelle Einladungen der Bundeskanzlerin gegeben, offenbar an einen ausgewählten Kreis. Da scheint etwas Besonderes im Gang zu sein.

Um 8.20 Uhr sind alle versammelt. Die Pressesprecherin erscheint, nicht die Bundeskanzlerin. Zarter Unmut macht sich unter den Journalisten breit. Dafür sind wir so früh aufgestanden?

„Guten Morgen, meine Damen und Herren, keine Angst, die Bundeskanzlerin wird noch kommen. Ich möchte Ihnen die Gelegenheit geben, Ihre Redaktionen zu kontaktieren. Was die Kanzlerin nachher zu sagen hat, ist von allergrößter Bedeutung und rechtfertigt nicht nur, sondern verlangt geradezu nach Sonderbericht-erstattungen. Klären Sie also bitte mit Ihren Redaktionen Sondersendungen, Programmunterbrechungen und Sonderausgaben von Zeitschriften und Zeitungen ab. Sie haben dafür eine halbe Stunde Zeit. Wir sehen uns um 8.50 Uhr wieder. Ich bitte um Pünktlichkeit."

Die Journalisten haben noch tausend Fragen. Vor allem wollen sie wissen, worum es denn geht. Sie könnten doch nicht einfach auf Zuruf Sonder-sendungen anberaumen. Die Pressesprecherin bleibt unbeeindruckt „Sie alle kennen mich. Wenn ich Ihnen sage, das wird eine Sensation, dann sollten Sie mir ausnahmsweise vertrauen. Sie werden es bereuen, wenn Sie es nicht tun".

Alle laufen aufgeregt nach draußen, diskutieren unterwegs mit ihren Kollegen. Wie ein Bienen-schwarm. Um 8.50 Uhr sind noch nicht alle da, drei fehlen noch. Fünf Minuten später ist man vollzählig versammelt. Die Tür wird geschlossen, ein Aufpasser stellt sich davor. Die Spannung ist mit Händen zu greifen. Zwei Minuten später erscheint die Bundeskanzlerin, sagt kein Wort. Ihr Blick ist auf die Uhr an der hinteren Wand gerichtet. Man könnte eine Stecknadel fallen hören.

Um Punkt 9.00 Uhr beginnt sie.

„Guten Morgen", sie blickt direkt in die Fernsehkameras, „es ist jetzt 9.00 Uhr mitteleuropäischer Zeit. Die Börsen in Asien sind bereits geschlossen, die Börsen in Europa öffnen heute erst um 15.00 Uhr, zeitgleich mit den Börsen in Nord- und Südamerika. Der Grund dafür ist eine Revolution auf dem Energiesektor. Einem kleinen deutschen Forscherteam ist es in jahrelanger Arbeit gelungen, einen Motor zu entwickeln, der von einem Stoff angetrieben wird, den es auf unserem Planeten in großer Menge gibt – Wasser.

Ich werde Sie jetzt nicht mit technischen Details strapazieren, obwohl ich das als Physikerin gerne tun würde, ich möchte Ihnen nur sagen – er funktioniert. Und zwar auf eine Weise, die alle, die damit befasst waren, sehr beeindruckt hat. Der Wassermotor liefert durch seine hohe energetische Dichte eine Leistung von bis zu 500 KW, das entspricht etwa 700 PS.

Die Leistung lässt sich für den praktischen Einsatz reduzieren oder auch durch Ankopplung beliebig erhöhen. Zum Beispiel für Schiffe oder Flugzeuge. Dabei ist der Wasserverbrauch sensationell gering. Mit nur einem Liter Wasser kann man in einem Auto etwa 1.000 km zurücklegen."

Sie macht eine kurze Pause. Die Spannung ist mit Händen zu greifen.
„Und das ist er", sie hält das schwarze Kästchen hoch, „der Wassermotor". Die Fotoapparate klicken, die Fernsehkameras zoomen auf den kleinen Kasten.

„Sie wissen, was das bedeutet" fährt die Kanzlerin fort, „die Zeit des Verbrennungsmotors ist damit vorüber. Die des Elektromotors auch, bevor sie richtig begonnen hat. Aber nicht nur das. Der Wassermotor lässt sich in gleicher Weise auch für die Stromversorgung und für Wärmeerzeugung einset-zen. Künftig wird jedes Gebäude, egal ob Einfamilienhaus oder Wolkenkratzer seine eigene Stromversorgung besitzen.

Gleiches gilt für die Wärmeerzeugung, die mit einer kleinen Umstellung auf den Wassermotor ausgerichtet werden kann. Wir haben für Sie eine Übersicht zusammengestellt, in der die ganzen Einsatzbereiche aufgeführt sind.

Für uns alle und ganz besonders für die Energie-unternehmen bedeutet dies eine erhebliche Umstellung. Wir werden in absehbarer Zukunft keine fossilen Treibstoffe mehr brauchen, kein Benzin, kein Gas. Auch keine Kraftwerke mehr. Weder Atom-kraftwerke, noch Braunkohlekraftwerke, weder Windräder noch Solaranlagen.

Die Bundesregierung ist sich der Auswirkungen auf die derzeitigen Energielieferanten sehr wohl bewusst. Wir haben deshalb bereits im Vorfeld gemeinsam mit den Energieunternehmen nach Möglichkeiten gesucht, wie wir für alle Seiten zu einer tragfähigen Lösung kommen. Und ich denke auch gefunden. Sie werden das in den ausge-händigten Papieren nachlesen können.

Lassen Sie mich jetzt zu den Einflüssen auf die Umwelt kommen. Wir gehen davon aus, dass eine flächendeckende Verbreitung des Wassermotors in Deutschland etwa 6 Jahre dauern wird. Der Grund für diesen vergleichsweise langen Zeitraum ist, dass wir allein hier zu Lande etwa 100 Millionen Wassermotoren für die Erstausrüstung von Fahr-zeugen, Gebäuden und Heizungen brauchen werden. Produktion und Logistik dafür müssen natürlich erst noch aufgebaut werden. In anderen Ländern wird diese Umstellung noch etwas mehr Zeit in Anspruch nehmen.

Wir können jedoch mit aller Zuversicht davon ausgehen, dass es in 10 bis 12 Jahren weltweit keine menschengemachten Co2-Emmissionen mehr geben wird. In diesem Zeitraum erwarten wir eine kontinuierliche Reduzierung all der schädlichen Nebenwirkungen, die bei der Verbrennung fossiler Energie entstehen. Die Umwelt und damit wir alle gehen einer wunderbaren Zukunft entgegen.

Jetzt zu einem weiteren Aspekt dieser Erfindung. Der Bundesregierung ist es gelungen, die Lizenzen für den Wassermotor zu erwerben. Dafür nochmals meinen ausdrücklichen Dank an das Forscherteam.

Wir haben die Absicht, mit allen Ländern, die am Einsatz des Wassermotors interessiert sind, und ich gehe davon aus, dass es sehr viele sein werden, ver-antwortungsvoll über die Vergabe von Lizenzen zu sprechen. Ich habe in den letzten Tagen bereits mit einigen Regierungschefs Kontakt aufgenommen. Konkrete Verhandlungen werden beginnen, sobald die Gründung des Wassermotor-Unternehmens abgeschlossen ist und die entsprechenden Posi-tionen besetzt sind. Das sollte in Kürze der Fall sein.

Wir stehen vor einer neuen Epoche der Nach-haltigkeit und wir haben allen Grund, mit Zuversicht und Freude in die Zukunft zu schauen.

Vielen Dank, meine Damen und Herren".

Die Kanzlerin geht, die Journalisten sind außer Rand und Band. Sie wollen alles mögliche wissen – wie funktioniert diese Wassermotor eigentlich, wer ist dieses Forscherteam, was hat die Regierung bezahlt, was sollen die Lizenzen für andere Länder kosten, usw.usw.

Viele Fragen werden von der Pressesprecherin beantwortet, einige nicht. Alle telefonieren mit ihren Redaktionen. Sonderausgaben, Sondersendungen werden vorbereitet, das Internet bricht zusammen. Die Zeit der breaking news ist gekommen.

Die Folge ist eine Euphoriewelle, erst durch Deutschland, dann weltweit. Die Umweltverbände überschlagen sich, die Autofahrer, Stromverbraucher und Wärmebedürftigen ebenso. Wochenlang kennen die Medien nur dieses Thema.

In der Bundesregierung ist man im Nachhinein sehr zufrieden damit, dass die Kanzlerin nicht über die erwarteten gigantischen Lizenzeinnahmen gesprochen hat. Sie hatte den Passus kurzer Hand gestrichen, „wir wollen nicht zu viel Neid und Unmut auf uns laden", war ihre Begründung.

***

30

Winfried und Manni sind glücklich. Gestern war Karsten da, der ehemalige Chauffeur des Attaché, und brachte ihnen die versprochene Million. Eigentlich hatten sie damit nicht mehr gerechnet, zu lange hatte Karsten sie hingehalten. Sie mussten ein Papier unterschreiben, in dem sie sich verpflichteten, absolutes Stillschweigen zu wahren. Wenn nicht, sei die eine Million zurückzuzahlen.

Den Löwenanteil bekommt Winfried, schließlich hat er diese Geschichte erst entdeckt.
„Siehst Du, ich lag richtig mit diesem Wundermotor". Zufrieden sieht er Manni an. Er muss seine Pläne noch mal überdenken. Nur mit einer Hebebühne und einem Fehlersuchgerät ist er nicht mehr zufrieden. Jetzt ruft er seine Peugeot-Flamme an „mach Dich schick, heute Abend gehen wir in das teuerste Restaurant in Wiesbaden. Es gibt was zu feiern".

Zur gleichen Zeit ist Bodo K. auf dem Weg zu seiner Exfrau und den Kindern. Auf ihr Gesicht bin ich schon gespannt, denkt er unterwegs. Den Kindern sollten wir aber nichts sagen. Seine Frau öffnet ihm, ziemlich freundlich sogar.

„Komm rein", sagt sie und macht bereitwillig die Tür auf, „die Kinder sind bei Freunden". Sie sieht gut aus, denkt er, hat sich zu ihrem Vorteil verändert. Er läuft beobachtend durch das Erdgeschoss, nimmt schließlich im Esszimmer Platz.
„Willst Du einen Kaffee?"
„Ja, gerne".

Dann sitzen sie sich gegenüber. Keiner sagt etwas, sie schauen sich nur an. Er hat sich verändert, denkt sie, wirkt irgendwie selbstsicherer. Sie schaut mich anders an als früher, geht ihm durch den Kopf. Nicht mehr so abweisend. Man könnte fast glauben, sie empfindet so etwas wie Sympathie.

Er rafft sich auf. „Ich habe Dir etwas mitgebracht". Bis zur letzten Sekunde hat er abgewartet, wollte erst mal ihre Reaktion auf ihn sehen. Jetzt zieht er einen Scheck heraus und schiebt ihn ihr rüber. Sie nimmt den Scheck, schaut lange drauf und sagt schließlich „das ist kein Scherz, oder?"
„Nein, der ist echt".

Sie steht auf, läuft herum, setzt sich wieder, steht wieder auf.
„Wie kommst Du zu fünf Millionen Euro und warum gibst Du sie mir?" Sie kriegt es nicht in Ihren Kopf.

„Ich gebe sie Dir, weil ...Du mich so freundlich empfangen hast. Das ist für mich keine Selbstverständlichkeit. Ich habe Dich mal geliebt und Du mich vielleicht auch. Dann ist irgendetwas passiert, ein schleichender Prozess und am Ende dieses

126

Prozesses war unsere Liebe aufgebraucht. Trotzdem fühle ich mich Dir noch verbunden, nicht nur wegen der Kinder. Und ich versuche, mich an unsere guten Zeiten zu erinnern".

Sie hat feuchte Augen, nimmt seine Hand. Kann nichts sagen, aber er fühlt ihre Ergriffenheit.

„Ich habe überaus erfolgreich an der Börse spekuliert. Ein guter Bekannter, er arbeitet in der Investmentbranche, hat mir Geld zur Verfügung gestellt. Damit kaufte ich Optionsscheine, etliche mal. Bis auf einen Fall ging die Spekulation immer auf. Und es hat sich richtig gelohnt. Es ist genug, um auch die Zukunft der Kinder zu sichern. Wenn Du einverstanden bist, werde ich auf ihre Namen Treuhandkonten über jeweils zehn Millionen Euro einrichten. Das gesamte Geld soll Ihnen aber erst mit dem 30. Lebensjahr zur Verfügung stehen.

Bis dahin werden sie, sobald sie 18 Jahre alt sind, eine laufende Zahlung erhalten. Deren Höhe kannst Du dann bestimmen. Bis sie 30 Jahre alt sind, verwalte ich das Geld. Ich habe Dich als Bevollmächtigte einsetzen lassen, falls mir etwas zustößt".

„Ja, natürlich bin ich einverstanden. Danke Bodo". Sie nimmt ihn in den Arm.

Das Leben ist doch mehr als wundersam. Da haben wir jahrelang mit dem Geld knausern müssen, ich habe eine trostlose Zukunft für uns gesehen und kaum haben wir uns scheiden lassen, schwimmt Bodo im Geld.

Kann ich das glauben, denkt sie, „erfolgreich an der Börse spekuliert" – Bodo hat doch kaum Ahnung davon. Aber er schenkt mir fünf Millionen, ausgerechnet mir, die ich immer nur an ihm rumkritisiert habe. Und den Kindern noch mehr. Soll ich es Mutter erzählen? Ihr Gesicht würde ich ja schon gerne sehen. Nein, besser sie weiß nichts. Schade eigentlich.

***

31

Die Energieunternehmen verhalten sich unauffällig. Sie sind zum allergrößten Teil in die Produktion und Distribution des Wassermotors eingebunden. Alle Welt will den Wassermotor haben. Anfänglich hatte man in Deutschland überlegt, den Wassermotor ausschließlich hier zu bauen und das fertige Produkt dann global zu exportieren. Als man sich der gigantischen Zahlen aber bewusst wurde, war das Thema vom Tisch.

Das von der Bundesregierung gegründete Unternehmen, zu einhundert Prozent in Staatshand, beschränkt sich auf die Produktion für die Bundesrepublik und die Vergabe und Kontrolle der Lizenzen. Damit hat man weiß Gott genug zu tun. Die Produktion des Motors lief letzten Monat an. Bisher wurden knapp eine Million ausgeliefert. Er wird gegen eine monatliche Gebühr verliehen, nicht verkauft. So ganz möchte der Staat nicht auf seine laufenden Einnahmen verzichten. Schließlich wird ja die Mineralölsteuer in den nächsten Jahren immer weiter zurückgehen.

Die Gebühr ist allerdings so bemessen, dass selbst Wenigfahrer noch Geld sparen. Im Gegenzug will man eine Autobahnmaut einführen, eine KM-abhängige. Das ginge leider nicht anders, so die Regierungsmeinung, sonst würde man die Vielfahrer zu sehr begünstigen. Wer 40.000 km im Jahr fährt und damit natürlich auch die Infrastruktur mehr beansprucht, soll auch mehr zahlen als der Wenigfahrer.

Auch die Motoren für die Strom- und Wärme-erzeugung werden ausschließlich gegen Gebühr verliehen. Trotz all dieser Maßnahmen spart der Durchschnittshaushalt immer noch gut die Hälfte der früheren Energiekosten. Natürlich könnte man angesichts der Milliarden-Einnahmen aus den Lizenzen alles völlig kostenlos anbieten. Das möchte die Regierung aber mit Blick auf die anderen Staaten nicht. Stattdessen stellt sie Steuererleich-terungen in Aussicht.

Richtig Geld bezahlen muss nur die Autoindustrie. Für einen Wassermotor muss sie je nach Leistung zwischen 2.000 und 15.000 Euro auf den Tisch legen. Die Motoren sind klassifiziert und reichen von 50 KW bis 400 KW. Die 500 KW-Variante kommt nur in Schiffen und Flugzeugen gekoppelt zum Einsatz. Je nach Leistung sind sie in verschiedenen Farben lackiert: weiß, blau, rot, schwarz. Nur die 300 KW-Version gibt es in Kevlar, die 400 KW ausschließlich in Titan.
Die Autoindustrie stört der Preis nicht weiter. Eine Menge Komponenten des bisherigen Motorraums sind weggefallen. Auspuff, Lichtmaschine, Batterien, selbst Tanks hat man eingespart. Ein Zwei-Liter-Behältnis reicht völlig aus. Der Fahrer kann jetzt über

eine interne und externe Audio-Anlage den Sound seines Autos bestimmen. Während die Autohersteller auf den Klang aus ihrem eigenen Sortiment Wert legen, bietet der Handel bereits eine Fülle zusätzlicher Möglichkeiten an. So kann der Besitzer eines Fiat 500 sein Auto wie einen Ferrari klingen lassen. Ein Heidenspaß für Jung und Alt.

Die anderen Länder sind bereits dabei, ähnliche Regelungen bei sich zu schaffen. Man beobachtet und kopiert.

Kritisch ist nur die Haltung der Öl- und Gas fördernden Länder. Deutschland stellt Subventionen in Aussicht. Mit Russland ist man im Gespräch für einen hohen zweistelligen Milliardenbetrag eine Reihe von Menschenrechtsfragen zu klären. Die russische Regierung ist verhandlungsbereit. Der Siegeszug des Wassermotors ist nicht aufzuhalten.

***

32

Der Attaché wird zum Botschafter bestellt. Er hat keine Vorstellung, worum es geht und prüft noch mal schnell, ob er irgendwo einen Fehler gemacht hat. Ihm fällt nichts ein. Als er das Büro des Botschafters betritt und die zwei Männer sieht, die am Fenster lehnen, wird er aschfahl. Die sehen verdammt nach KGB aus. Der Botschafter sitzt hinter seinem Schreibtisch, sagt kein Wort, schaut ihn nur unverwandt an.

Der ältere der beiden Männer richtet sich auf.
„Herr Kalitschow, setzen Sie sich. Nein, hierher, zu mir." Der Attaché wirkt wie betäubt. Er hat keine Ahnung, was die von ihm wollen, aber er hat schlagartig Angst.

„Herr Kalitschow, Sie hatten einen Fahrer mit Namen", er blickt auf seinen Zettel, „Karsten Heller?"
„Antworten Sie".
„Äh ja, bis vor zwei Monaten war er mein Fahrer. Worum geht es denn?"
„Warum ist er nicht mehr Ihr Fahrer?"

„Das weiß ich nicht, er hat gekündigt und war zwei Wochen später weg".

„Sie scheinen nicht viel zu wissen. Trifft es zu, dass dieser Karsten Heller Sie über eine Begegnung mit zwei Männern informiert hat, die von einem obskuren Motor berichteten?"

Dem Attaché wird schlagartig klar, in welcher Klemme er hier steckt. Er wird bleich.

„Trifft es weiterhin zu, dass sie diese Information ignoriert haben?". Die Fragen kommen knallhart, es sind erfahrene Ermittler. Der Attaché nickt ergeben, es hat keinen Sinn, irgendetwas zu leugnen.

„Ist Ihnen bewusst, welch enormen Schaden Sie damit Ihrem Land zugefügt haben?

Ist Ihnen bewusst, dass wir in den nächsten Jahren Einnahmeausfälle von mehreren hundert Milliarden Euro haben werden?

Ist Ihnen bewusst, was das für das russische Volk bedeutet?"

„Ist Ihnen bewusst, was das für Sie bedeutet?"

Der Satz steht wie ein Fallbeil im Raum. Niemand sagt etwas. Der Attaché ist zusammengesunken.

„Ich werde Sie wegen Hochverrats anklagen. Machen Sie sich auf ein strenges Urteil gefasst".

***

33

Bodo K. hat sich mittlerweile eine schicke Stadtwohnung in Wiesbaden zugelegt. 150 qm, Penthouse, wie sich das für einen Multimillionär gehört. Gelegentlich fühlt er sich dort etwas einsam. Aber er muss sich ja auch erst in sein neues Leben einfinden.

Heute macht er sich in seinem neu gekauften, aber 6 Jahre alten Maserati Quattroporte auf den Weg nach Italien. Er hat dieses Auto mal in einem Film über einen querschnittsgelähmten, reichen Franzosen gesehen, der von einem Schwarzen durch Paris gefahren wurde.

„Was für ein Sound", das war ihm heute noch im Kopf. Eigentlich hatte er das Auto nur deswegen gekauft. In der Stadt war es nicht so gut brauchbar, zu unhandlich. Aber für diese Fahrt genau richtig.

Er hat vor, sich ein Haus am Gardasee zu kaufen. Im Internet fand er schon mal eine Menge Angebote, aber das diente nur dazu, den Markt zu sondieren. In den nächsten Tagen will er sich einige Objekte in natura ansehen.

Er fährt seine alte Strecke über Tegernsee und Achensee. Es ist ein strahlender Frühsommertag, warm, aber nicht heiß. Er hat die beiden vorderen Fenster unten, um den Klang des 8-Zylinders in sich aufzunehmen. Echter Sound, kein Audio-Fake. Wie immer fährt er zu dem kleinen Lokal direkt am Achensee und wie immer isst er sein Rahmschnitzel mit Bratkartoffeln.

Er genießt es, aber er merkt auch, dass ihm etwas fehlt. Zu gerne würde er das alles mit jemandem teilen. Muss ich auch mal irgendwann angehen, denkt er. Zu zweit ist es halt doch schöner.

Am Nachmittag ist er in Torri del Benaco, am Ostufer des Gardasee angekommen. Von hier aus wird er mit der Autofähre auf die Westseite übersetzen, denn dort hat er in einem sehr schicken Hotel mit toller Lage oberhalb von Gargnano eine Suite gebucht. Er hat vor, sich auf dieser Westseite ein Haus zu suchen, weil es dort schroffer, uriger ist. Er liebt das.

Das Hotel entpuppt sich als Schicki-Micki-Depandance. Hier wimmelt es von Bentleys, Porsches und Ferraris. Sogar ein Rolls Royce parkt vor dem Eingang. Er übergibt seinen Autoschlüssel einem Bediensteten, was ihm sehr schwer fällt. Alles ist vorbereitet. Man begrüßt ihn mit professioneller Höflichkeit und geleitet ihn zu seiner Suite.

Dieses Haus mag er irgendwie nicht. Fühlt sich nicht wirklich wohl. Als er dann am Abend in einem der drei schicken Restaurants einen Blick in die Speisekarte wirft, die horrenden Preise sieht und ihm dann auch das Essen nicht sonderlich gut schmeckt, nimmt er sich vor, am nächsten Tag ein anderes Hotel zu suchen.

Er findet ein kleines Garni-Hotel, eine Art Villa. Direkt am See, mit Frühstück auf einem über den See gebauten Steg und himmlischer Aussicht. Hier lässt es sich gut eine Weile aushalten. Und abends dort essen gehen, wo es ihm gefällt. Auch mal eine Pizza, wenn ihm danach ist.

Am nächsten Morgen macht er sich auf den Weg zu einer Agencia, einer Immobilienagentur. Er hat sich extra eine große Niederlassung ausgesucht, weil er dort auf mehr Auswahl hofft. Man bringt ihn zu dem einzigen Makler, der deutsch spricht. Der legt sofort los, bietet ein sehr schönes Rustico an, so heißen hier die halb verfallenen Häuschen. Zu einem überaus günstigen Preis.

Bodo K. unterbricht ihn. Sagt ihm, was er sucht: mindestens 200qm Wohnfläche, großes Grundstück, toller Seeblick, Swimming-Pool. Kein Renovierungs-bedarf. Moderne Heizung. Der Makler schaut ihn überrascht an, „wissen Sie, was das kostet? Unter drei bis vier Millionen Euro ist da nichts zu machen. Entspricht das Ihren Preisvorstellungen?"

Bodo bleibt unbeeindruckt. „Zeigen Sie mir mal, was Sie im Angebot haben". Und der Makler zeigt. Ein wunderschöne Villa hier, ein tolles Grundstück in bester Lage dort. Vier Millionen, sechs Millionen, testweise auch 12 Millionen. Die Preise scheinen grenzenlos. Am Ende hat Bodo K. zwei Häuser gefunden, die in Frage kommen, beide in seinem Preisrahmen von bis zu zehn Millionen Euro. Der Makler bietet ihm an, die Häuser sofort zu besichtigen. Doch Bodo K. will nicht zu viel Enthusiasmus zeigen. Nein, heute hat er noch andere Termine. Morgen Vormittag würde ihm passen.

Am nächsten Morgen ist er pünktlich zur Stelle. Die Nacht war unruhig, nicht jeden Tag kauft man ein Haus und schon gar nicht für sechs Millionen. Gestern ist er noch ein bisschen herumgefahren. Hat sich alle möglichen Häuser angesehen, eines schöner als das andere.

Jetzt fahren sie Richtung Limone, biegen am Ortseingang links ab, in ein gestandenes, gut situiertes Wohngebiet. Das Haus wirkt von der Straßenseite unscheinbar. Ist von einem hohen, undurchsichtigen Metallzaun umgeben.

Gefällt mir, denkt Bodo, schön bescheiden. Der Makler schließt auf, sie gehen durch das Tor und stehen auf einem riesigen, 3000qm großen Grundstück. An der Seite der gewünschte Pool, etwa 6 auf 10 Meter, daneben eine Reihe alter Olivenbäume, alles wundervoll angelegt. Und die Aussicht - was für eine Aussicht.

Man blickt aus etwa 100 Meter Höhe auf den See, im Hintergrund die Berge, müsste sogar der Monte Baldo sein. Davor, auf der anderen Seite des Sees – Malcesine. Was für ein Blick – er kann sich gar nicht sattsehen daran. Der See schimmert heute grünlich unter leichten Schleierwolken, die Berge zeigen sich in dunklem grün. Es sieht aus wie eine Post-kartenidylle.

Er ist sofort hin und weg. Das Innere des Hauses ist auch sehr schön, er sieht es sich selbstverständlich genau an. Sechs Zimmer, drei schöne Bäder, große Fenster, zentrale Gasheizung, zwei große Terrassen. Soweit er das erkennen kann, eine solide Bau- substanz. Er weiß jetzt schon – dieses Haus oder keins. Ich darf es mir nur nicht anmerken lassen, denkt Bodo, der Preis muss noch runter.

Betont gleichgültig nimmt er das alles zur Kenntnis, murmelt ein leicht gelangweiltes „sehr schön, das ist das für fünfeinhalb Millionen, ja?"

Sechseinhalb, Seniore, ja". Höchstens sechs, denkt Bodo. Es könnte ihm zwar egal sein, Geld genug hat er ja, aber es entspräche nicht seinem Grundsatz „Nie kannst Du leichter sparen, als wenn Du viel Geld auszugeben bereit bist".

„Dann lassen Sie uns mal das andere Haus ansehen".
Das haben sie dann getan. Es war auch nicht schlecht, aber Bodo hatte sich bereits ent- schieden. Seine Frau hätte jetzt zu ihm gesagt, man kauft doch nicht das erstbeste Haus, das man sieht. Das muss man doch sorgfältig abwägen.

Aber er war da anders. Er konnte in zehn Minuten einen Anzug, Hemd und Krawatte kaufen. Weil er eine klare Vorstellung hatte. Wenn die erfüllt wurde, dann war es gut, dann schlug er zu. Seine Frau brauchte zwei Stunden für ein paar Schuhe, schaute in hundert Läden vorbei und war dann doch unsicher. Vielleicht wären die anderen ja schöner gewesen. Das passierte ihm nicht.

Dem Makler sagte er, „das erste Haus würde mir ja schon zusagen. Aber es erscheint mir zu teuer. Ich habe da wesentlich günstigere Angebote gesehen." Pause.

Der wird unruhig. Jetzt kommt die entscheidende Phase.
„Ein solches Haus, in dieser Lage, werden Sie nicht günstiger finden".
„Da wäre ich mir nicht so sicher. Sie kennen doch die vielfältigen Angebote, Sie wissen doch, wie viele Häuser hier angeboten werden".

Und der Makler wird weich, „ wie sehen denn Ihre Preisvorstellungen aus?"
„Ich würde fünfeinhalb Millionen zahlen. Das erscheint mir ein sehr angemessener Preis".
„Das wird der Verkäufer niemals akzeptieren. Aber ich werde mit ihm reden".

Zwei Tage später einigen sie sich auf einen Kaufpreis von sechs Millionen Euro. Beide Seiten sind zufrieden. Bodo denkt, leichter kann man fünfhunderttausend Euro nicht sparen und lächelt zufrieden in sich hinein.

Er hatte von vornherein keinen Zweifel daran gelassen, dass er auch andere Agenturen mit der Suche nach einem geeigneten Objekt beauftragt hat. Stimmte zwar nicht, aber er informierte sich noch in Deutschland darüber, dass es seine Verhandlungsposition entscheidend schwächen könnte, wenn er sich exclusiv an eine Agentur bindet. Das hat sich ja offenbar bezahlt gemacht.

Nachdem der Kauf jetzt im Grunde vereinbart ist, erklärt ihm der Makler die Besonderheiten im italienischen Immobilienrecht. Zwar gäbe es keine Grundbücher wie in Deutschland, aber die italienischen Registerauszüge verschafften dieselben Möglichkeiten. Herr K. könne dort beispielsweise einsehen, ob Belastungen des Grundstücks existierten. Das könne man gerne gemeinsam tun. Das Grundstück sei im Übrigen belastungsfrei.

Beim Katasteramt werde dann der Kaufvertrag zwischen ihm und dem jetzigen Eigentümer eingetragen. Es handele sich um einen Unternehmer aus Bologna, der bisher jede Gelegenheit genutzt habe, hierher an den Gardasee zu kommen. Jetzt aber sei seine Frau gestorben und ihn ziehe es woanders hin.

„Wir werden zunächst einen Vorvertrag abschließen", merkt der Makler an, „der ist für beide Seiten rechtsverbindlich. Darin steht auch der Kaufpreis. In diesem Zusammenhang eine Bitte von Signore Monti. Aus steuerlichen Gründen würde er gerne einen Preis von vier Millionen Euro angegeben wissen. Die Differenz zum eigentlichen Kaufpreis würde er, wenn Sie einverstanden sind, bevorzugt in bar entgegen nehmen. Die steuerliche Ersparnis für ihn beliefe sich auf vierhunderttausend Euro, die er sich selbstverständlich mit Ihnen teilen würde."

Ja, ja, denkt Bodo K. Es ist doch überall das Gleiche. Zunächst ist er nicht abgeneigt, weitere zweihunderttausend Euro zu sparen. Dann kommen ihm doch Bedenken. Weniger moralischer Art, eher hat er Angst davor, man könne ihn erwischen und bestrafen.

Zweihunderttausend Euro sind zwar viel Geld, aber nicht mehr für ihn.

„Ich werde das mit meinen Anwälten klären, habe aber doch eher Bedenken".

Er beauftragt eine Anwaltskanzlei aus Südtirol, die alles Weitere in die Wege leitet. Probleme gibt es keine. Der Unternehmer aus Bologna hat notgedrungen akzeptiert, dass der Deutsche keine steueroptimierten Lösungen möchte. Diese Deutschen sind aber auch zu pingelig.

Vier Monate nach der ersten Besichtigung ist er rechtmäßiger Besitzer einer tollen Villa am Gardasee.

***

34

Es dauert nur fünf Jahre, bis sich die Technik des Wassermotors praktisch auf dem gesamten Globus durchsetzt. Natürlich noch nicht überall, aber alle Länder produzieren und nutzen sukzessive die umweltfreundliche und billige Möglichkeit. Man schätzt, dass bereits vierhundert Millionen Wassermotoren im Einsatz sind. In weiteren fünf Jahren sollen es über zwei Milliarden sein. Eine Obergrenze ist noch nicht erkennbar.

Bereits jetzt hat sich, zumindest in Europa, die Luftqualität derart verbessert, dass die wenigen Exoten, die an ihren Benzinmotoren festhalten, in ihrer unmittelbaren Umgebung unangenehm auffallen. Über einen Rückgang der Erderwärmung lässt sich noch keine gesicherte Aussage machen, dazu ist der Zeitraum noch zu kurz. Aber man ist überaus hoffnungsfroh.

Die erwarteten Einnahmen der Bundesrepublik Deutschland von 600 – 700 Milliarden Euro pro Jahr wurden nicht erreicht. Es sind aber immer noch beachtliche 520 Milliarden Euro geworden, zumindest letztes Jahr. Tendenz allerdings fallend. Trotz aufwändiger Sicherheitsmaßnahmen konnten nicht alle Länder daran gehindert werden, den Wassermotor unter Umgehung der Lizenzvereinbarungen illegal nachzubauen.

***

35

„Denk dran, heute ist Eisprungtag" ruft Meike ihrem Mann nach, als er gerade das Haus verlässt. Immer muss sie ihn daran erinnern, in letzter Zeit sogar mehrmals. Ich weiß nicht, was mit ihm los ist. Dabei wollen wir doch beide Kinder. Seit zwei Jahren schon. Immerhin bin ich schon 34. Zunächst haben sie es nicht geplant, sondern einfach nach Lust und Laune miteinander geschlafen. Das hat aber nichts gebracht. Jetzt hat Meike das Heft in die Hand genommen, überprüft präzise ihre Temperatur und weiß genau, wann das Ei springt.

Jörg hat sie durchaus gehört an der Haustür. Dass sie immer so viel Druck machen muss. Er hat schon gar keine Lust mehr, mit ihr ins Bett zu gehen. Beim letzten Mal ging es einfach nicht. Keine Erektion. Ich muss auch nicht unbedingt Kinder haben. So ist es doch auch schön. Ihm graut schon vor dem Abend.

Er ist Schuldnerberater bei einer karitativen Einrichtung, genauer gesagt, er hat dort vor ein

paar Tagen angefangen. Eigentlich ist er Bank-
kaufmann. Hat sein bisheriges Berufsleben aus-
schließlich in der Sparkasse verbracht. Zunächst als
Kreditsachbearbeiter, später als Vermögensberater.
Wertpapiere, das war eigentlich schon immer seine
Leidenschaft. Hat ihm in den ersten Jahren richtig
Spaß gemacht.

Dann kam ein neuer Marktbereichsleiter und vorbei
war's mit der seriösen Beratung. Jetzt sollte er
Vorgaben erfüllen, Quoten einhalten, Umsatzziele
erreichen. Am Anfang hatte er noch protestiert, eine
Sparkasse müsse doch langfristig denken, in die
Kundenbindung investieren. Aber der Neue hatte
ihm klargemacht, dass auch eine Sparkasse Ertrag
brauche, sonst könne sie ihre Mitarbeiter nicht mehr
bezahlen.   Und nur von einem netten Plausch
könnten sie alle nicht leben.

Nach einem Jahr hatte er die Nase voll. Das war
nicht seine Welt. Er wollte stolz auf seine Arbeit sein,
etwas Sinnvolles tun. Mit einer guten Bekannten war
er dann eher zufällig zuerst auf seine Arbeit in der
Sparkasse gekommen, dann auf ihre Arbeit bei der
Caritas. Sie waren dort ein kleines Team, zwölf Leute,
die meisten Sozialarbeiter. Und genau das sei
manchmal ein Problem, denn die privaten
Haushalte seien immer mehr verschuldet, bräuchten
einen Schuldnerberater. Den hätten sie nicht.

Oh, dachte Jörg, das könnte doch etwas für mich
sein. Eine wirklich sinnvolle Aufgabe, Menschen zu
helfen, wieder auf die Reihe zu kommen.

Er sprach mit seiner Frau darüber. Auch weil er
deutlich weniger verdienen würde als jetzt.

„Aber ja, mach das. Wir haben doch genügend Geld, ich verdiene ja in meinem Job auch nicht schlecht." Sie arbeitet als medizinisch technische Assistentin im Labor eines großen Pharmazieunternehmens. Ihr Gehalt entspricht in etwa seinem bei der Sparkasse. Er freut sich. Geld war ihr noch nie sonderlich wichtig und sie haben ja wirklich genug.

Also machte er es. Vor einer Woche hat er bei der Caritas angefangen und ist mit einer einwöchigen Ausbildung gestartet. Sicher fühlt er sich noch nicht, wie auch, aber er wird schon in seine neue Aufgabe reinfinden. Sie wollen das neue Angebot der Schuldnerberatung zunächst nicht öffentlich machen. Das könnte eine Nachfrageflut auslösen, so die Leiterin der Gruppe. Sie möchte es lieber langsam angehen lassen, damit er auch Zeit habe, sich an seinen neuen Job zu gewöhnen.

Heute ist sein erster Praxistag und er hat zwei Fälle auf dem Tisch.

Eine ältere Frau, deren Haus von der örtlichen Bank zwangsversteigert werden soll und eine andere Frau, die irgendwelche Probleme mit ihrem Gasversorger hat. Oh, Oh, denkt er, die Zwangsversteigerung scheint schon mal ein heftiges Problem zu sein. Hoffentlich kriege ich das hin.

Er macht sich auf den Weg. Zunächst zur Zwangsversteigerung. Das Haus entpuppt sich als winziges Häuschen in einem kleinen Dorf. Auf sein klingeln tut sich längere Zeit nichts. Gerade als er wieder gehen will, öffnet sich ein Fenster nach vorne. Eine alte Frau schaut heraus.

„Ja?"
„Guten Tag, Frau Klein, mein Name ist Lichten, ich komme von der Caritas".

Sie sagt nichts, schließt das Fenster. Er wartet. Er wartet gefühlt eine Ewigkeit. Dann hört er einen Schlüssel am Hoftor. Eine Frau von etwa 75 Jahren, sie sitzt im Rollstuhl.
„Kommen Sie". Er betritt den Hof. Der ist vollgestellt mit allem möglichen Zeug. Schubkarren, Kisten, irgendwelche technischen Geräte, die er gar nicht kennt, und jede Menge Unrat.

„Na, hier könnte auch mal aufgeräumt werden" entfährt es ihm etwas flapsig. Die alte Frau arbeitet sich mit ihrem Rollstuhl gerade so durch, sagt nichts.

Im Haus sieht es nicht anders aus. Das Erdgeschoß besteht eh nur aus einem kleinen Flur, einer Küche und einem Wohnzimmer, in dem sie offenbar auch isst. Der Flur ist zugestellt mit dutzenden Paketen von Zeitungen und Zeitschriften, hochgestapelt bis zur Decke. Die Küche ebenfalls, wie er im vorbeigehen sieht. Ihr Rollstuhl passt gerade so durch.

Die Frau ist eine Messie, das wird ihm jetzt klar. Das fängt ja gut an, denkt er, als sie in das kleine Wohn-zimmer gehen. Dort ist es nicht ganz so schlimm zugemüllt, wie im Rest des Hauses. Er findet sogar einen Platz. Aber es ist kalt in dem Zimmer, er schätzt höchstens 10 bis 12 Grad. Draußen sind es vielleicht 5 Grad, immerhin ist November.

„Es ist kalt bei Ihnen", versucht sich Jörg in vorsichtiger Konversation.

„Ja, ich heize nicht" sagt die Frau, „mein Holz wird langsam knapp."

Jörg hat seine Winterjacke angelassen.
„Was kann ich für Sie tun, Frau Klein?"

Und sie berichtet mit klarem Verstand. Nächste Woche will die Bank mein Haus versteigern. Ich habe dort mehrere Kredite, die ich nicht mehr bezahlen kann. Die Kredite musste ich aufnehmen als mein erster Mann starb und unsere zwei Kinder auf ihrem Pflichtanteil bestanden. Geld war keins da und das Haus wollte ich unbedingt behalten, das habe ich meinem ersten Mann versprochen.

„Sie haben noch mal geheiratet?"
„Ja, durch meinen zweiten Mann konnte ich die Kreditraten bezahlen, er hat eine gute Rente. Seit über zwei Jahren liegt er aber mit einer Hirnhautentzündung im Pflegeheim, nicht mehr ansprechbar. Seine Rente wird jetzt dafür gebraucht. Letzte Woche bin ich mit meinem Rollstuhl extra zur Bank gefahren, die ist im nächsten Ort, aber das hat nichts gebracht. Jetzt wollen sie mir mein Haus wegnehmen. Und ich hab doch Multiple Sklerose. Ich finde mich doch nirgends mehr zurecht".

Jörg wird sich der Bedeutung seiner Aufgabe schlagartig bewusst.
„Zeigen Sie mir doch bitte mal die Kreditauszüge, damit ich mir ein besseres Bild machen kann". Er versucht auf halbwegs sicheres Terrain zu kommen. Sie findet sie sofort, trotz der chaotischen Unordnung.

Mittlerweile ist Jörg durchgefroren, er fängt an zu zittern. Wie hält die Frau das nur aus, ist sein Gedanke. Es stellt sich dann heraus, dass es drei Kredite gibt. Einen über 15.000 Euro, einen weiteren über ebenfalls 15.000 Euro und einen dritten über 12.000 Euro. Alle zu unterschiedlichen Zinssätzen, die letzten beiden sogar ziemlich hoch. Ein erster Ansatz, denkt er. Insgesamt ging es also um 42.000 Euro.

„Wie hoch sind Ihre Kreditraten? Und wie hoch ist Ihre Rente?"
„Ich soll 480 Euro im Monat bezahlen, bei einer Rente von 520 Euro. Das habe ich nicht mehr geschafft. Ich brauche schon so 120 bis 130 Euro im Monat". Jörg bekommt sofort ein schlechtes Gewissen. Mann, was geht's uns doch gut. Bitte lass mich das hinbekommen, denkt er, aber er hat keine Ahnung wie.

„Machen Sie sich keine Sorgen, Frau Klein, wir finden eine Lösung".

Er verabschiedet sich schnell, muss jetzt erstmal nachdenken. Draußen setzt er sich in sein Auto, fährt um die Ecke. Er braucht dringend eine Pause. Die Frau, die Probleme mit ihrem Gaslieferanten hat, bügelt er kurzer Hand ab. Es geht um 46 Euro Nachzahlung. Dafür hat Jörg jetzt wirklich keinen Kopf. Anschließend fährt er zurück zur Caritas. Ihm ist nach Unterstützung, nach moralischem Aufbau.
„Du schaffst das schon, wir können das so oder so machen". Aber es ist keiner da. Man ist auf Fortbildung, man ist krank, man ist außer Haus, niemand weiß, wann sie zurückkommen. Er muss alleine klarkommen.

Er zwingt sich, systematisch vorzugehen. Als erstes brauchen wir mehr Zeit. Also, die Bank anrufen, es ist übrigens auch eine Sparkasse, aber nicht seine, und ein Moratorium erreichen. Er überlegt sich, wie er die Leute dort unter Druck setzen kann, falls die nicht mitspielen wollen. Arme alte Frau mit MS und schwerkrankem Mann wird von der Sparkasse aus dem Haus vertrieben oder so ähnlich. Das wäre bestimmt ein gefundenes Fressen für die Presse.

Er lässt sich den Leiter der Rechtsabteilung geben, „hier Jörg Lichten von der Caritas. Ich vertrete Frau Klein, deren Haus sie nächste Woche zwangsver- steigern wollen".

Aber es ist alles kein Problem. Er bittet um zwei Wochen Aufschub, man bietet ihm vier Wochen an. Er bedankt sich. Das ist ja mal gut gelaufen.

Dann schaut er sich seine Zahlen an. Kreditrate 480 Euro, Rente 520 Euro. 40 Euro Differenz zum leben. Hier will er ansetzen. Die Zinsen müssten runter, die Kredite zusammengelegt werden, die Laufzeit verlängert, um damit die Belastung zu reduzieren. Er rechnet, schiebt hin und her. Im günstigsten Fall käme eine monatliche Kreditrate von 400 Euro heraus. Reicht nicht, 120 Euro sind immer noch zu wenig. Davon kann man nicht leben. Die Einnahmen müssen erhöht werden, wie auch immer.

Er ruft einen guten Bekannten in der Stadt- verwaltung einer benachbarten Stadt an. Der arbeitet dort im IT-Bereich, verbindet ihn aber mit einer Kollegin im Sozialamt, nachdem er ihm die Lage erklärt hat. Sie ist in der Tat sehr hilfsbereit und sie telefonieren über eine Stunde, wägen gemeinsam verschiedene Möglichkeiten ab. Aber eine wirklich brauchbare Idee haben sie nicht gefunden, nur Kleinigkeiten, wie Brennstoffhilfe. Immerhin. Das wird er morgen gleich angehen.

Jörg ist geschafft, als er nach Hause kommt. Seine Frau ist noch nicht da, worüber er nicht wirklich unglücklich ist. Er haut sich auf die Couch, versucht abzuschalten. Als sie gegen 19 Uhr erscheint, ist er eingeschlafen.

„Aufstehen, Schlafmütze. Hast Du was Schönes zum essen gemacht?
Hat er nicht. Sie legen zwei Pizzen in den Ofen, trinken ein Gläschen Rotwein dazu. Seine Frau ist auffallend freundlich, verströmt geradezu fröhliche Stimmung. Er ahnt, worauf das hinausläuft. Wird immer verschlossener.

„Na, wie war Dein erster Tag als Schuldnerberater?"
„Ganz interessant, ich habe da einen spannenden Fall auf dem Tisch. Mal sehen, wie ich das hinbekomme".
„Das schaffst Du schon", keine Nachfrage. Das ist ihm heute schon recht, er ist einfach kaputt. Ihm ist aber auch klar, dass seine Frau an etwas ganz anderem interessiert ist.
„Denkst Du noch dran, was heute für ein Tag ist?"
Oh ja, er denkt dran und hat jetzt schon keine Lust.

Aber er versucht es, sie versucht es, sie geben sich wirklich alle Mühe. Vergeblich.
„Was ist nur los mit Dir", sie ist sauer, „seit Monaten geht das jetzt schon. Findest Du mich nicht attraktiv, willst Du keine Kinder? Was ist es? Sprich mit mir".

Das ist hochgefährliches Terrain. Ist ihm natürlich bewusst, aber er fängt auch langsam an, sich zu ärgern.

„Natürlich finde ich Dich attraktiv, sehr sogar. Aber ich komme mir nur noch wie ein Begatter vor. Ich bin doch keine Maschine. Heute ist Eisprungtag – wenn ich das schon höre, dann schrumpft er förmlich in mich hinein. Versteckt sich. Und egal, was Du dann auch machst – er will nicht herauskommen. Dieses begatten nach Uhr muss aufhören. Das ist mein Problem".

Sie schaut ihn nachdenklich an. So hat sie das noch gar nicht empfunden. Aber sie kann ihn durchaus verstehen, wenn sie sich Mühe gibt.
„Ich dachte, Du willst auch ein Kind. Dafür muss man halt etwas tun. Ich verstehe gar nicht, was daran so belastend sein soll. Es hat Dir doch immer Spaß gemacht".
„ Das ist ja der Punkt. Es macht mir Spaß, wenn wir beide Lust haben und nicht, wenn der Wecker klingelt. Dann wird es zur Pflicht. Und Pflicht ist lusttötend".

„Ich glaube, Du hast recht. Wahrscheinlich war ich nicht sensibel genug für Dich. Was hältst Du davon, wenn wir diesen ganzen Eisprungkram einfach vergessen, ich werde auch keine Temperatur mehr messen. Wir überlassen es dem Zufall oder der Natur".

Natürlich ist er einverstanden, aber er hat so seine Zweifel, ob sie wirklich einfach aufgibt. Das wird eine Zeit dauern, bis ich wieder einfach an die Lust glauben kann und nicht an die Empfängnis.

Aber sie hält sich daran. Kein Wort mehr über Einsprungtage.

***

36

Am nächsten Tag spricht Jörg mit dem unmittelbar für Frau Klein zuständigen Sozialamt über den Brennstoff-Zuschuss. Vielleicht kann ich da noch ein paar Euro rausholen, ist seine Überlegung. Aber Frau Klein bekommt bereits den Zuschuss.

In dem Haus ist es eiskalt, die Frau erfriert ja. Da könne man nichts machen, mehr als 30 Euro könne sie nicht bewilligen. Das Thema hat sich also erledigt.

Jörg überlegt – wenn die Frau ihr Haus verliert, dann muss sie ja irgendwo wohnen. Mit 520 Euro Rente kann sie ja nicht wohnen und leben. Also bräuchte sie soziale Unterstützung. Das probier ich mal.

Diesmal ruft er das Sozialamt der größten Stadt in der Umgebung an, um das Thema grundsätzlich zu erörtern. Er hat das Glück, einen denkenden Menschen am Hörer zu haben und keinen formalistischen Automaten.

Ja, sagt der ihm, das ist eine durchaus plausible Überlegung. Nur leider nicht zu Ende gedacht.

Status quo sei nämlich, dass die Frau Grundbesitz habe, dessen Wert man nicht so einfach bestimmen könne. Es sei ja durchaus möglich, dass das Haus bei der Zwangsversteigerung mehr erlöse als den Kreditbetrag. Dann hätte die Frau Barmittel in unbekannter Höhe zur Verfügung. Weshalb keinesfalls klar wäre, dass die Frau überhaupt soziale Unterstützung bekommen würde. Deshalb könne man jetzt nicht einfach eine Beihilfe leisten.

Jörg sieht das ein. Mist, denkt er, wäre so schön gewesen. Er beschließt der Sache mit dem Pflegeheim des zweiten Mannes nachzugehen. Die letzte Möglichkeit, die er sieht.

Er hat eine alte Fregatte am Telefon.
„Von der Caritas sind Sie? Das kann ja jeder sagen. Da kann ich Ihnen keine Auskunft geben".

Er weiß nicht mehr weiter. Ich fahre jetzt mal zu Frau Klein. Vielleicht kann ich sie dazu überreden, das Haus einfach zu verkaufen und sich eine schöne, gut beheizte Mietwohnung zu nehmen. Dann bekäme sie notfalls einen staatlichen Zuschuss und alles wäre gut.

Als er ihr die ganze Sache erläutert, und er gibt sich wirklich Mühe, sagt sie nur „dieses Haus verlasse ich nur mit den Füßen voran". Er braucht einen Moment, das zu verstehen. Mein Gott, sie droht mit Selbstmord. Das hat mir gerade noch gefehlt.

„Wir bleiben am Ball, Frau Klein. Ich melde mich wieder". Er geht schnell.

Danach sitzt er noch ein Stunde in seinem Büro bei der Caritas. Grübelt und grübelt. Nichts fällt ihm mehr ein. Morgen ist auch noch ein Tag. Aber das Thema belastet ihn. Abends im Bett lässt es ihn nicht los und am Morgen denkt er auch schon wieder darüber nach. So hat er sich das nicht vorgestellt, mit dem druckfreien Berufsleben.

Wenigstens zeigt seine Frau Verständnis. Gemeinsam überlegen sie, was er noch tun könnte. Wirklich brauchbare Ansätze finden sie aber nicht. Dafür lieben sie sich am frühen Morgen. Ihr Po lag so lüstern vor seinen Lenden, dass er nicht widerstehen konnte.

So gerne würde er sich mit seinen Kolleginnen bei der Caritas besprechen. Aber wie so oft ist die eine Hälfte nicht da und die andere Hälfte hat keine Zeit. „Wissen Sie, wir haben ständig solche Fälle auf dem Tisch". Na, wer's glaubt.

Die Erlösung kommt zwei Stunden später. Die Fregatte, ausgerechnet, ruft ihn an.
„Schauen Sie sich doch mal den Vormund von Herrn Klein an. Der verwaltet das Geld, also die Rente von Herrn Klein und den Pflegezuschuss und bezahlt auch das Pflegeheim. Wenn mich nicht alles täuscht, sollte da etwas übrig bleiben. Ich kann da nichts machen, aber vielleicht Sie".

Jörg ist elektrisiert. Wenn ich das richtig verstanden habe, will die Fregatte andeuten, dass da nicht alles mit rechten Dingen zugeht – das könnte ein Durchbruch werden. Er bedankt sich vielmals und verspricht, die Fregatte auf dem Laufenden zu halten. Umgehend fährt er zu Frau Klein.

„Vielleicht haben wir einen neuen Ansatz, Frau Klein". Er geht mit ihr die Fakten durch, was bekommt der Mann an Rente, was an Pflegebeitrag? Was kostet das Pflegeheim? Wie hoch ist das Taschengeld ? Wie heißt der Vormund? Notar Sigmund, ja wunderbar. Die alte Frau ist bestens informiert. Sein Tatendrang kehrt zurück.

Vom Büro aus ruft er gleich den Notar an, dem wird er Dampf machen. Er hat das Vorzimmer dran.
„Guten Morgen, Herrn Sigmund bitte, hier ist Lichten von der Caritas".
„Um was geht es denn bitte?"
„das kann ich Ihnen leider nicht sagen. Es ist streng vertraulich".

Er wird durchgestellt.

„Guten Morgen, Herr Sigmund, hier ist Lichten von der Caritas. Wir vertreten Frau Klein, deren Mann im Pflegeheim liegt und dessen Vormund Sie sind. Ist das richtig?" Jörg spricht mit all seiner Autorität, souverän und bestimmt. Der Notar ist hörbar beeindruckt und bestätigt.

„Uns liegen Unterlagen vor, aus denen hervorgeht, dass die Rente von Herrn Klein zusammen mit dem Pflegezuschuss die Heimkosten um 320 Euro übersteigt. Können Sie das bestätigen?"
„Da müsste ich nachsehen".
„Ja, tun Sie das bitte". Jörg wartet, diesem Betrüger wird er es zeigen. Entweder rückt der das Geld raus oder es kommt zum Prozess. Er ist wild entschlossen.

„Sie haben recht", meldet sich Notar Sigmund, „von den 320 Euro geht allerdings noch das Taschengeld für Herrn Klein ab, das sind 90 Euro im Monat. Es bleiben 230 Euro übrig. Ich wollte das ohnehin in den nächsten Tagen angehen, gut, dass Sie mich daran erinnert haben".

„Aus meinen Unterlagen geht weiter hervor, dass Herr Klein seit 26 Monaten im Pflegeheim liegt. Trifft das zu?"
„Ja, das könnte hinkommen".
„Dann sorgen Sie bitte dafür, dass Frau Klein umgehend dieses Geld bekommt. Sie wird Ihnen ihre Kontodaten zukommen lassen. Kann ich mich darauf verlassen, dass dieser Überschuss von 230 Euro künftig regelmäßig jeden Monat an Frau Klein ausgezahlt wird?"
„Selbstverständlich". Notar Sigmund hat ein untrügliches Gespür für drohendes Ungemach.

Jörg hält es nicht mehr im Büro. Er fährt zunächst zu der Sparkasse, spricht mit dem Leiter der Kreditabteilung und dem Justitiar. Informiert über die neue finanzielle Situation von Frau Klein.

Ja, selbstverständlich werde man auf die Zwangs-versteigerung verzichten. Ja, selbstverständlich könne man die Kredite zusammenlegen und den Zinssatz reduzieren. Alles ist jetzt kein Problem mehr. Jörg wundert sich schon, wie einfach das plötzlich ist.

Jörg bedankt sich und macht sich sofort auf den Weg zu der alten Frau. Er berichtet ihr von den Gesprächen mit der Bank und dem Notar, von den 230 Euro, die sie jetzt jeden Monat bekommt, von den um 80 Euro reduzierten Kreditkosten, so dass sie 350 Euro im Monat für den Lebensunterhalt hätte.

Und – schiebt er nach – von der rückwirkenden Zahlung über insgesamt 5980 Euro für die letzten 26 Monate.

Triumphierend sieht er sie an, erwartet Freude, vielleicht auch Dankbarkeit für seinen Einsatz. Doch nichts kommt. Sie nickt nur, zeigt ansonsten keine Regung. Sie ist schon völlig abgestumpft, denkt er. Das muss ein hartes Leben gewesen sein.

Im Büro zurück ruft er noch die Fregatte an, berichtet ihr von seinem Gespräch mit dem Notar und dem Ergebnis. Und sie freut sich. Sie beschließen, bei Gelegenheit mal einen Kaffee zusammen zu trinken.

***

37

Bodo K. ist mittlerweile in seinem neuen Leben angekommen. Er ist jetzt 52 Jahre alt, sein Geld ist gut angelegt. Die Erträge daraus reichen locker, seinen inzwischen gar nicht mehr so sparsamen Lebensunterhalt zu finanzieren. Sein Stammkapital von satten 160 Millionen Euro rührt er nicht an, braucht er auch nicht.

Vor zwei Jahren, zu seinem 50. Geburtstag, hat er sich ein bisschen „renovieren" lassen, so formulierte er das gegenüber seinen Freunden Timm und Wolf. Seine Brille, die ihm immer diese Glubschaugen verpasst hatte, so empfand er es zumindest, war weg. Seine Augen sind jetzt gelasert. Links mit 90% Sehkraft, rechts immer noch passable 75%.

In den ersten Tagen, wenn er durch die Wiesbadener Innenstadt lief, hielt er Jedem voller Stolz sein Gesicht hin, als würde er ein anerkennendes „Oh, wie schön" erwarten. Erst als Timm und Wolf bei ihrer ersten Begegnung ohne Brille zunächst gar nichts bemerkten, dann feststellten, dass er irgendwie anders aussehen würde, sie aber nicht wüssten, warum, wich seine Euphorie. Aber ein bisschen Stolz war er immer noch.

Der zweite Teil der Renovierungsarbeiten galt seinen schütteren Haaren. Er ließ sich Haare implantieren, eine schmerzhafte und langwierige Prozedur. Dazu hatte er sich eigens in eine kleine aber renommierte Praxis in der Nähe von Hannover zurückgezogen, damit in Wiesbaden niemand etwas mitbekam. Sechs Wochen dauerte die ganze Geschichte. Aber er war hochzufrieden. Später ließ er sich die Haare noch dunkelblond färben, was ihm zusammen mit seiner mittlerweile gewonnenen Bräune ausnehmend gut stand. Jedenfalls meinten Timm und Wolf, ob er in einen Jungbrunnen gefallen wäre? Bodo war selig.

Diesen Winter verbringt er größtenteils in Südtirol. Dort hat er tatsächlich in seinem hohen Alter, damit kokettiert er gerne, noch Skifahren gelernt. In einem kleinen Skikurs – sie waren nur vier Leute, alle etwas älter als üblich. Darunter eine tolle Frau, 42 Jahre alt. Sie heißt Marlene, genannt Malli, ist nicht sehr groß, sieht gut aus, tiefgründige, verzeihende Augen, voller Elan.

„Darf ich Sie etwas fragen, Marlene?" Bodo begann ganz vorsichtig.
„Aber ja, fragen Sie".
„Würden Sie es …übergriffig finden, wenn ich Ihnen sage, dass Sie eine tolle Figur haben?" Marlene blickte ihn mit ihren dunkelblauen Augen nachdenklich an.
„Ja, würde ich".
„Gut, dann sage ich es nicht" Bodo schaute sie grinsend an.

„Würden Sie es übergriffig finden, lieber Bodo, wenn ich Ihnen sagen würde, dass Sie einen tollen Arsch haben?" sagt Marlene.

Jetzt dachte Bodo nach. „Nein, würde ich nicht. Wenn Ihnen mein Arsch gefällt, würde ich Sie sofort zu einem Espresso einladen".

So hatte es angefangen.

Sie ist frisch nach Brixen gezogen, kommt eigentlich aus Österreich, aus der Nähe von Wien. Ist seit über einem Jahr geschieden. Sie haben sich sofort verstanden. Nach dem einwöchigen Skikurs sind sie nur noch zu zweit gefahren.

Und hatten einen Heidenspaß. In der ersten Zeit hielten sie sich ausschließlich im Skigebiet von Alta Badia auf. Dann wurden sie mutiger und gingen auf die Sella Ronda, einmal links herum, einmal rechts herum. Jeweils eine Tagestour. Und gestern waren sie sogar auf dem 3.000 Meter hohen Lagazuoi. Einem Berg, der im ersten Weltkrieg heftig umkämpft war, warum auch immer. An einigen Stellen geradezu durchlöchert von Maschinengewehr-salven. Jetzt fließt dort Wasser durch, gefriert im Winter und hinterlässt wundervolle Eiskaskaden.

Sie waren beeindruckt. Ebenso von der sieben Kilometer langen Abfahrt. Im letzten Drittel der Strecke wartete eine Hütte mit köstlichen Steaks auf sie. Er schaute ihr tief in die Augen „es ist schön mit Dir", sagte er ganz schlicht. Sie sagte gar nichts, drückte nur seine Hand.

Am Ende der Strecke wartete ein Pferdeschlitten auf sie, der sie zur nächsten Station bringen soll.

Dutzende von Skifahrern hielten sich bereits an den ausgelegten Seilen fest und warteten. Als die beiden Pferde anzogen, war der Ruck so stark, dass drei Skifahrer stürzten. Bodo war natürlich dabei. Sie half ihm auf. Was für ein toller Tag.

Sie macht irgendwas mit IT. Hat auch versucht, ihm das zu erklären. Er hat so gut wie nichts verstanden. „Das Wichtigste ist, dass Du überall arbeiten kannst, und das Allerwichtigste ist, dass Du das auch kannst, wenn wir zusammen sind".

Sie lächelt ihn an „ja, aber jetzt muss ich doch für einige Tage nach München. Ein IT-Fritzen-meeting. Ich kann nicht nur vom Skifahren leben". Sie sind jetzt seit fast fünf Wochen hier.
„Ich könnte jetzt auch mal eine Ski-Pause vertragen. Müsste auch nach Wiesbaden zurück."

Er hat ihr erzählt, er sei Unternehmensberater, selbständig, und sein Laden würde auch laufen, wenn er nicht ständig dort sei. Aus irgendeinem Grund scheut er sich davor, ihr zu sagen, dass er nur noch Privatier ist.
„Was hältst Du davon, wenn wir uns in zwei Wochen am Gardasee treffen? Ich habe dort ein kleines Haus, das wird Dir bestimmt gefallen." Sie stimmt zu. An diesem Abend schlafen sie zum ersten Mal miteinander. Er ist völlig in ihre Augen versunken, als sie beide kommen. Sie haben sich verdammt viel Zeit gelassen.

Am nächsten Morgen trennen sich ihre Wege. Bodo K. ist verliebt bis über beide Ohren.

***

38

Meike und Jörg haben es jetzt über ein Jahr weiter probiert, ein Kind zu bekommen. Obwohl ihr Sex wieder Normalniveau erreicht hat, scheint die Natur etwas gegen die Schwangerschaft zu haben. Meike wird immer unglücklicher, auch Jörg leidet inzwischen darunter, dass es einfach nicht klappen will mit dem Nachwuchs.

„Ich finde, wir sollten etwas unternehmen, so kann das ja nicht weitergehen. Vielleicht gibt es irgendwelche medizinischen Gründe".
„Du meinst die Schwangerschaft, oder?"
„Ja, lass uns mal zu Dr. Bensheim gehen. Vielleicht findet er etwas und wir haben endlich Klarheit".

Es dauert drei Wochen, bis sie einen Termin bekommen und das auch nur, weil Meike mit Dr. Bensheim gut bekannt ist. Er untersucht zuerst Meike, ziemlich oberflächlich, wie ihr scheint.

„Kein Befund" sagt er. „Von Ihnen Jörg bräuchte ich eine Spermaprobe. Sie können in den Raum C gehen". Jörg braucht ziemlich lange für seine

Spermaprobe. Die Fotos in Raum C sind aber auch zu öde.

Dr. Bensheim schaut sich das Sperma von Jörg in einem separaten Raum unter dem Mikroskop genau an. Ruft seine Kollegin hinzu.
„Schau Dir das doch bitte mal an. Ich weiß nicht, was da los ist, das ist jetzt schon der achte Fall diese Woche".
„Du hast recht, genau wie bei den anderen. Die Spermien sind absolut tot, keinerlei Bewegung erkennbar".
„Das kann doch kein Zufall sein", Dr. Bensheim ist tief beunruhigt, „ich denke, wir sollten der Sache mal nachgehen, uns mit Kollegen unterhalten. Vielleicht auf dem Kongress übernächste Woche".
„Ja, das sollten wir unbedingt tun".

Dr. Bensheim spricht dann mit Meike und Jörg. Erklärt ihnen, dass das Sperma von Jörg nicht ausreichend aktiv sei, um eine Schwangerschaft herbeiführen zu können. Von den vielen anderen Fällen erzählt er nichts. Ist auch so schon schlimm genug.

Die Beiden sind dann doch etwas erschüttert, besonders Jörg. Er ist zeugungsunfähig? Das gibt's doch gar nicht. In seiner Familie ist das noch nie vorgekommen und ausgerechnet er…

Der Arzt erwähnt noch kurz die Möglichkeit künstlicher Befruchtung. Das Wort „Fremdsperma" will er nicht in den Mund nehmen. Sie sollen sich das in aller Ruhe überlegen. Da gäbe es doch einiges abzuwägen. Jörg und Meike gehen. Sie sind beide ziemlich niedergeschlagen.

Die Kollegin kommt zu Dr. Bensheim.

„Ich habe gerade wegen der Steiners mit der Spermabank gesprochen. Und jetzt halt Dich fest. Die haben kein Sperma mehr. Es sei alles weg. Die Nachfrage wäre in den letzten Monaten extrem angestiegen. Und neues Sperma würden sie kaum noch bekommen. Es sei fast alles unbrauchbar".

***

39

Jörg schließt die Haustür auf. Er hat sich noch nicht von dem Schock erholt. „Was machen wir denn jetzt?" fragt Meike.

„Keine Ahnung" sagt Jörg, „was wollen wir denn tun? Wir können nichts tun. Wenn's nicht geht, dann geht's halt nicht."

„Und damit ist die Sache für Dich erledigt? Ich soll mich einfach damit abfinden, nie Kinder zu haben?"

„Zumindest nicht mit mir" Jörg ist immer noch tief getroffen.

„Red' keinen Unsinn. Was heißt da nicht mit mir? Es gibt ja auch noch andere Möglichkeiten".

„Welche denn?"

„Künstliche Befruchtung, zum Beispiel" sagt Meike, „darüber könnten wir doch mal nachdenken – oder?"

„Künstliche Befruchtung? Das hieße, das Sperma eines fremden Mannes. Weißt Du das?"

Meike ist jetzt erstmal still. Daran hat sie nicht gedacht. Wäre das denn so schlimm? Man könnte ja nach Jemandem suchen, der so aussieht wie Jörg und vielleicht auch ähnliche Charaktereigenschaften hat, falls es diese Möglichkeit gibt.

Ich glaube es ist besser, das Thema im Moment nicht weiter zu vertiefen. Er braucht Zeit, sich mit dem Gedanken anzufreunden. Laut sagt sie „bei dem Gedanken gruselt es mich schon ein bisschen. Lass uns in Ruhe darüber nachdenken. Vielleicht fällt uns ja noch etwas anderes ein".

Ja, denkt Jörg, überhaupt keine Kinder. Ich weiß eh nicht, ob ich das will. Das Thema ist erstmal beendet.

Nach dem Essen, das in leichter Eintönigkeit ablief, haut sich Jörg vor die Kiste. Meike setzt sich irgendwann dazu.
„Ich weiß gar nicht, wie Du Dir jetzt diesen blöden Film ansehen kannst. Lass uns doch mal reden".
„Muss das sein? Wir haben doch gesagt, dass wir in Ruhe nachdenken wollen".
„Ja, aber ich hab keine Ruhe. Das beschäftigt mich ständig".

Jörg macht den Fernseher aus.
„Also, ich höre".
„Wenn Dir das mit der künstlichen Befruchtung nicht gefällt, könnten wir ja auch eine Adoption in Erwägung ziehen". Sie blickt ihn abwartend und auffordernd zugleich an.
„Adoption – ich weiß nicht".

Wenn Jörg richtig informiert ist, dauert eine Adoption ewig. Da gibt es ellenlange Wartelisten. Vielleicht wäre das ein so zähes Verfahren, dass Meike die Lust daran verliert.

„Na ja, das wäre immerhin eine Möglichkeit – lass uns der Sache mal nachgehen". Und das alles wegen meinem bescheuerten Sperma, denkt Jörg, und macht den Fernseher wieder an.

Am nächsten Tag, es ist ein schierer Zufall, trifft er abends beim Einkaufen Dr. Bensheim. Er ist gerade dabei, die Einkäufe ins Auto zu laden, als er plötzlich neben ihm steht.

„Sie wirkten gestern, nach dem Spermabefund, ziemlich betroffen".

„Na ja", sagt Jörg, „zeugungsunfähig zu sein, ist nicht unbedingt angenehm. Noch dazu, wo Meike unbedingt Kinder will".

„Ich dachte mir schon, dass es eine nicht gerade willkommene Diagnose war. Für Männer ist das oft noch belastender als für Frauen. Lassen Sie mich Ihnen im Vertrauen sagen, dass Sie nur einer von Vielen sind. Oder besser, Einer von immer mehr. Ich habe in letzter Zeit eine stark steigende Zahl zeugungsunfähiger Männer. Früher war das mal einer unter zwanzig, heute ist es jeder Dritte".

Jörg merkt auf „ jeder Dritte ist zeugungsunfähig? Woran liegt das denn?"

„Die Ursache kennen wir noch nicht, aber wir gehen der Sache nach. Das Problem ist offenbar so gravierend, dass selbst die Spermabank massive Einschränkungen hat".

„Die Spermabank?"

„Ja, im Moment sind nicht mal künstliche Befruchtungen möglich".

„Vielen Dank, Dr. Bensheim, das ist eine wichtige Information für mich und für Meike natürlich auch".
„Gerne Jörg, mir war es wichtig, dass Sie das wissen. Das sollte Ihnen helfen. Aber halten Sie das Thema unter sich. Ich möchte nicht, dass das die Runde macht".
„Ja, selbstverständlich. Und nochmals vielen Dank. Auf Wiedersehen, Dr. Bensheim".
„Auf Wiedersehen, Jörg".

Schnell fährt Jörg nach Hause. Das sind zwar alles in allem beängstigende Nachrichten, aber es liegt nicht an ihm, dass sein Sperma nichts taugt. Das hat andere Ursachen. Was für ein Glück. Er ist geradezu erleichtert.

***

40

Anfang Mai kommt Marlene an den Gardasee. Er nennt sie Marlene, weil ihm Malli irgendwie unpassend erscheint. Wie die Verballhornung von Mallorca in Malle. Natürlich war sie hin und weg von seinem sechs-Millionen-Euro-Haus.

„Häuschen, was? Muss gut laufen, Deine Unternehmensberatung".

Sie war erst einmal am Gardasee. Er schien ihr immer zu überlaufen, zu viele Touristen. Ja, im Sommer ist es hier schon ziemlich voll, aber im Frühjahr oder im Herbst kann man es gut aushalten. Er zeigt ihr voller Stolz das Haus, stellt ihr seine Haushälterin vor, eine vollbusige Italienerin aus dem Dorf.

„Sie hält hier sauber, macht meine Wäsche und kocht auch mal für mich, wenn ich keine Lust habe, essen zu gehen. Sie macht ein köstliches Ossobuco . Wenn Du lieb zu ihr bist, lässt sie sich vielleicht erweichen".

„Für ein gutes Ossobuco werde ich meinen ganzen Liebreiz auspacken".

Es ist so schön, sie hier an seiner Seite zu sehen. Tut ihm so gut, seine Freude mit ihr zu teilen. Er nimmt ihre Hand, um ihr das Schönste zu zeigen, was es hier gibt. Seinen Garten und den Blick auf den See. Und sie hat ein Gefühl dafür. Sie stehen an der Brüstung am Ende des Gartens, ihre Augen leuchten, sie lehnt ihren Kopf an seine Schulter und murmelt „mein Gott, ist das schön". Bodo ist rundum glücklich.

Am Abend gehen sie eine Kleinigkeit essen. Marlene ist nach Pizza. Und sie war wirklich köstlich.
„Es geht doch nichts über eine richtige italienische Pizza, schmeckt ganz anders als in Deutschland oder Österreich", sagt sie noch zum Kellner.

„Gracie", antwortet der und ruft zur Küche „Aman, Deine Pizza wird gelobt". Der Durchgang zur Küche öffnet sich, ein indischer Kopf schaut freudig heraus. Marlene fragt überrascht „wo haben Sie das gelernt?"
„In Düsseldorf" sagt der indische Kopf lachend.

Danach sitzen Marlene und Bodo noch auf der Terrasse. Es ist frisch, die Sonne längst untergegangen. Fürsorglich hat er eine große weiche Decke um sie gelegt. Jetzt kuschelt er sich an sie, nippt an seinem Rotwein. Es ist immer noch der günstige Valpolicella Ripaso, den er so mag. Nur, dass der Weinkeller jetzt voll davon ist.

„Ich muss Dir etwas sagen" beginnt Bodo, „ich bin gar kein Unternehmensberater". Er will es jetzt loswerden, ehe es sich verfestigt.

„Lass mich raten, Du bist ein Mafiosi. Ich wollte schon immer mal mit einem Mafiosi ins Bett".

„So, mit einem Mafiosi wolltest Du ins Bett. Ein Glück, dass ich einer bin. Ein Wiesbadener Mafiosi halt". Er streichelt ihre Brüste.

„Nein, im Ernst. Ich mache eigentlich gar nichts, bin sozusagen Privatier und lebe von meinem Geld".

„Warum hast Du mir denn die Unternehmensberater-Geschichte erzählt?" Sie ist nicht misstrauisch, nur interessiert.

„Tja, sagt Bodo K., „die Frau, mit der ich früher verheiratet war, dachte immer nur an Geld. Vielleicht weil wir damals nicht viel hatten. Jedenfalls wollte ich nicht, dass Du Dich wegen meines Geldes für mich interessierst. Deshalb habe ich erstmal nichts davon gesagt".

„Du Dummer, ich dachte halt, du bist ein reicher Unternehmensberater, den musst Du Dir angeln". Sie grinst ihn schelmisch an, „ich denke, Du kannst dieses Thema als erledigt ansehen. Ich mag Dich, ob mit oder ohne Geld. Geld habe ich selbst genug, jedenfalls für das, was ich brauche. Allerdings wüsste ich schon ganz gerne, wie Du zu Deinem Vermögen gekommen bist", sie macht eine Haus und Grundstück umfassende Bewegung, „meinst Du, Du könntest mir das erzählen?"

Und Bodo K. erzählt von seiner Erfindung, angefangen mit seinem Aufwachen auf dem Monte Baldo bis zum Besuch bei der Kanzlerin. Endlich kann er das alles mal loswerden. Es dauert über eine Stunde.

„Du warst das mit dem Wassermotor, den die ganze Welt haben will. Mein Gott, ich sitze mit dem legendären Erfinder des Wassermotors auf der Couch und kuschele. Du bist eine Berühmtheit, alle haben damals nach Dir gesucht. Und Du weißt nicht, wie das Ding funktioniert? Bis heute nicht? Unglaublich!"

Sie überlegen noch geraume Zeit, wie es zu dieser Eingebung gekommen sein könnte. Da beide rationale Menschen sind, kommen sie zu keinem Ergebnis. Die wirkliche Lösung des Rätsels gehört nicht zu ihrem gedanklichen Repertoire.

***

41

Am nächsten Tag, nach einem wundervollen Frühstück in der aufgehenden Sonne, beschließen sie, sich den Ausgangspunkt der Geschichte noch mal anzusehen. Sie fahren zusammen auf den Monte Baldo. In dem kleinen englischen Roadster, den sich Bodo vor ein paar Jahren zugelegt hat.

Das Auto stellen sie an der Trattoria ab und gehen zu Fuß zu der Stelle, an der Bodo damals eingeschlafen ist. Alles ist noch so, wie vor 12 Jahren. Nur zu erkennen gibt es nichts. Sie setzen sich in die Sonne. Bodo K. wirkt gedankenverloren.

„Ich muss Dir auch etwas erzählen" beginnt Marlene. Und sie erzählt über ihre Ehe. Es war keine gute Ehe. Eigentlich fing das Drama schon unmittelbar nach der Hochzeit an. Sicher gab es schon vorher Anzeichen für das merkwürdige Verhalten ihres Ehemanns, aber da habe ich seine Eifersucht noch als Kompliment aufgefasst. Kaum waren wir verheiratet, wollte mich Jonas am liebsten wegsperren.

Ich kann mich noch gut an den Tag erinnern. Wir waren abends in einem Lokal. Eigentlich war alles OK, mir ist gar nichts aufgefallen. Jonas hatte etwas Schlagseite – er hatte vier oder fünf Bier zum Abendessen getrunken. Sobald wir wieder zu Hause waren, direkt hinter der Haustür, stellte er sich vor mich und starrte mich wortlos an.

„Was?" fragte ich.

„Tu nicht so, Du hast den Kerl genau gesehen, der Dich in dem Lokal angeschaut hat. Förmlich ausgezogen hat er Dich. Du hast es genossen, stimmt's?"

„Ich weiß gar nicht, wovon Du redest".

„Du leugnest es auch noch. Du lügst mir frech ins Gesicht!" Er packte mich mit der linken Hand am Hals, drückte zu. Im gleichen Moment schlug er mir mit der Faust der rechten Hand in den Magen. Ich krümmte mich vor Schmerz.

„Damit eines ganz klar ist, meine Frau lässt sich nicht von anderen Männern anstarren. Hast Du das verstanden?!"

Bodo nimmt ihre Hand, „so ein Schwein".

„Er hat sich dann auf die Couch gesetzt, vorher noch ein Bier geholt und den Fernseher angemacht. Ich lag noch eine Weile hinter der Haustür und schleppte mich dann ins Bad. Dort erbrach ich. Ich war völlig konfus. Konnte keinen klaren Gedanken mehr fassen. Irgendwie bin ich dann ins Schlafzimmer gekommen. Er rief mir noch nach „lass Dir das eine Lehre sein".

Hatte ich wirklich etwas falsch gemacht?

Am nächsten Morgen war er wie ausgewechselt.
„Ich wollte das nicht, Malli. Es tut mir so leid, ich war betrunken. Verzeih mir, es wird nie wieder vorkommen. Du darfst mir die Hand abhacken, wenn ich das noch mal tue".

Ich wusste nicht, was ich damit anfangen sollte. Damals war ich ja erst 26 Jahre alt. Ich dachte, vielleicht sind Männer so. Erst später habe ich gemerkt, dass nur ich so einen Scheißtyp erwischt habe".

„Was es mir erträglich machte, war, dass er beruflich immer lange weg war. Früher hatte er auf einer Ölplattform in der Nordsee gearbeitet. Nachdem sich das mit dem Öl erledigt hatte, half er mit, Werke für Deine Wassermotoren im Ausland aufzubauen. Mal war er sechs Monate in Australien, dann acht Monate in Nigeria".

„Wenn er dann zurückkam, wusste ich nie, was mich erwartete. Er war wie eine Wundertüte. Mal so, mal so. Oh, er konnte durchaus charmant sein, liebevoll. Ich hatte dann etwas gekocht, den Tisch schön gedeckt. Er brachte mir ein Geschenk mit, aus dem Land, in dem er gerade war. Und alles war gut. Er konnte wunderbare Geschichten erzählen. Wenn er wollte. In diesen Momenten habe ich ihn fast wieder geliebt".

„Nur in ein Restaurant gingen wir nie wieder".

Beim nächsten Mal war dann wieder alles anders. Irgendwann konnte ich es schon an seinem Gesicht erkennen. Wahrscheinlich hatte ihn schon wochenlang die Eifersucht gequält.

„Du hast mit anderen Männern herumgemacht", so kam er schon zur Tür rein. Ich hatte mir schon lange vorgenommen, mir das nicht mehr gefallen zu lassen."
„Ich komme erst wieder, wenn Du normal bist" rief ich und wollte zur Tür raus.
„Du bleibst hier, Du Schlampe", schrie er und riss mich an den Haaren zurück. „Das könnte Dir so passen, einfach zu verschwinden. Erst mit anderen Männern ins Bett steigen und dann vor dem eigenen Mann flüchten". Er stieß mich in den Flur zurück und schlug mir ins Gesicht. „Ich werde Dir das schon noch austreiben".

„Dann ging er. Ich hatte nur noch einen Gedanken im Kopf – ich muss hier weg. Wohin wusste ich nicht, hatte keinen Plan. Ich packte zwei Koffer, war gerade fertig damit, als er zurückkam.

„Es tut mir …" fing er an, dann sah er meine Koffer. „Du willst abhauen, mich einfach im Stich lassen? Sei Dir über eines im Klaren, mich verlässt man nicht. Jedenfalls nicht lebend". Und er schlug zu. Ins Gesicht, in die Rippen und als ich am Boden lag, trat er mir noch mehrfach in den Bauch. Das habe ich aber nicht mehr mitbekommen. Das hat man mir hinterher erzählt.

Nachbarn haben dann die Polizei gerufen. Sie war wohl auch schnell da. Jedenfalls haben sie Jonas festgenommen und mich ins Krankenhaus gebracht. Dort lag ich sechs Wochen. Jochbeinbruch, mehrere Rippenbrüche und eine gerissene Milz.

Drei Monate später war die Verhandlung. Noch im Gerichtssaal versuchte er, mich einzuschüchtern. Er wurde zu zwei Jahren und sechs Monaten verurteilt. Die drei Monate Untersuchungshaft wurden angerechnet. Nach 18 Monaten war er wieder draußen."

„Mein Gott, was hast Du alles mitgemacht. Das tut mir so leid". Bodo nimmt sie in den Arm. Sie weint. „Kinder habt ihr keine gehabt, oder"?
„Nein, das hätte mir gerade noch gefehlt. Zum Glück hat das nie geklappt":

Die Sonne geht bald unter.

„Wir müssen zurück" sagt Bodo. Schweigend nehmen sie den Weg nach Hause. Für den phantastischen Ausblick haben sie keinen Sinn. Jeder hängt seinen Gedanken nach.

***

42

Die italienische Haushälterin hat tatsächlich ein Ossobuco gemacht. Eigentlich ein Grund zum feiern. Doch ihnen ist nicht danach. Nach dem Essen nehmen sie noch ein Glas Valpolicella Ripaso.

„Und das alles ist erst ein Jahr her" fragt Bodo „oder wann hast Du Dich scheiden lassen?"

„Nein, scheiden lassen habe ich mich schon vor der Verhandlung. Die liegt jetzt fünf Jahre zurück. Was ich Dir in Südtirol gesagt habe, hat nicht so ganz gestimmt. Ich weiß auch nicht, warum ich Dir das mit dem einen Jahr erzählt habe".

Bodo nickt nur. Er will sie nicht bedrängen. Sieht, wie sie sich quält.

„Während er im Gefängnis saß, habe ich einen anderen Namen angenommen, nicht meinen Mädchennamen, sondern einen ganz neuen.

Außerdem bin ich weggezogen, nach München. Ich hatte immer Angst, dass er nach mir suchen würde. Zwei Jahre lang habe ich mir immer wieder eingebildet, dass ich ihn gesehen hätte. Dann habe ich mir gesagt, hör endlich auf damit. Das wird sonst noch zu einer Paranoia.

Vor etwa einem Jahr stand er plötzlich auf der anderen Straßenseite. Ich habe ihn vom Fenster aus gesehen wie er auf dem Bürgersteig entlang ging und offenbar nach Hausnummern suchte. Habe ihn sofort an seinem Gang erkannt. Er hat so einen wiegenden Schritt, ein bisschen wie ein Matrose auf Landgang. Er war auf der Suche nach mir. Es schien mir nur eine Frage von Minuten, bis er mich gefunden hätte.

Ich ging dann sofort nach nebenan in die Wohnung einer Freundin. Dort habe ich auch die Nacht verbracht. In aller Herrgottsfrüh, es war noch dunkel, verließ ich die Wohnung. Die Freundin blieb ständig an meiner Seite. Ich packte meine zwei Koffer und fuhr erstmal raus aus München. Ständig schaute ich in den Rückspiegel, immer wieder sah ich ihn in einem Auto, das mich verfolgte. Aber es war nur meine Angst. Seither habe ich ihn nicht wieder gesehen."

„Warum hast Du damals kein Kontaktverbot erwirkt?"
„Zum einen hätte das eh nichts genützt – Du glaubst doch nicht, dass sich Jonas an ein Kontaktverbot gehalten hätte. Das hätte ihn erst recht herausgefordert. Zum anderen hatte ich mir ja einen neuen Namen zugelegt, inoffiziell. Für mich als IT-Mensch war das kein Problem".

„Ist es vorbei, was glaubst Du?"

„Ich weiß es nicht, ich denke schon. Wenn ich in München bin, wir haben dort ja ein bis zweimal im Jahr unser meeting, dann passe ich besonders auf. Trage einen Hut, setze eine Brille auf, so was. Ich habe ihn nicht wieder gesehen".

„Hier bist Du jedenfalls sicher. Das Haus ist bestens geschützt. Überwachungskameras, Alarmanlage, direkter Anschluss an einen Wachdienst. Alles vom Neuesten. Ich denke, mehr geht nicht. Und wenn Du das nächste Mal nach München musst, kann ich gerne mitkommen, wenn Du das willst. Hab eh nichts Besseres zu tun."

Sie lächelt ihm dankbar zu. Längst hat sie erkannt, dass Bodo ein sanfter Mann ist. Nie würde er gewalttätig werden.

***

43

Als Bodo K. drei Tage später sein Haus betritt, ahnt er nichts. Keinerlei Vorgefühl. Er hat ein paar Jacobsmuscheln und Salat gekauft. Heute Abend wird er kochen.

Als er ins Wohnzimmer geht, sieht er Marlene im Sessel sitzen. Ihr Mund ist mit Klebeband verschlossen, die Hände sind mit Klebeband umwickelt. Ihr Blick irrt angstvoll zwischen ihm und einem fremden Mann hin und her. Sie scheint aber unverletzt. Der Mann lächelt, seine Augen bleiben kalt. „Du musst der neue Lover sein. Setz Dich. Schön, dass Du auch da bist".

Bodo ist erstarrt. Das muss dieser scheiß Jonas sein. Was mach ich nur, was mach ich nur? Cool bleiben, alles was hilft, ist cool bleiben. Der Kerl ist zwanzig Jahre jünger als ich, sieht topfit aus. Gegen den habe ich keine Chance. Wieso hat die verdammte Alarmanlage nicht funktioniert? Seine Gedanken rasen. Er setzt sich erstmal.

„Sie müssen Jonas sein". Es überrascht ihn selbst, wie beherrscht seine Stimme ist.

„Sie müssen Jonas sein" äfft der ihn nach, „natürlich, wer denn sonst. Dachtest wohl, Du kannst einfach die Frau eines anderen ficken, ein bisschen Spaß mit meiner Schlampe haben. Falsch gedacht. Jetzt werde ich ein bisschen Spaß mit Euch haben. Immer wenn ich mir vorgestellt habe, wie ich meine Frau bestrafe, habe ich mir auch gewünscht, ihren Kerl gleich mit zu erwischen. Es wird ein Fest werden".

Er steht auf, um auch Bodo zu fesseln.

„Eines haben Sie übersehen, Jonas, wir haben auch einen stillen Alarm. Der Wachdienst ist in wenigen Minuten hier".

Jonas freut sich, „das Schöne an diesen Wassermotoren ist, dass man sie so einfach außer Betrieb setzen kann. Und ohne Stromversorgung funktioniert auch Deine famose Alarmanlage nicht. Besonders, wenn man kein Notstromaggregat hat. Und jetzt komm".

Bodo springt blitzschnell, also so schnell er kann, zur Seite. Er hat aus dem Augenwinkel sein Golf-bag gesehen. Jetzt reißt er einen Golfschläger heraus, Eisen acht, und nimmt Golfhaltung ein. Wahrscheinlich sieht das ziemlich albern aus, denkt er noch, aber ihm ist nicht besseres eingefallen.

Jonas haut sich auf die Schenkel „wie süß, jetzt will er auch noch Golf spielen". Und Bodo schlägt zu, mit der ganzen Kraft des Golfspielers, der einen 200-Meter-Schlag machen will. Dummerweise zielt er nicht gut. Der Schlag trifft Jonas nur auf der Brust. Der stöhnt zwar auf vor Schmerz, das hält ihn aber nicht davon ab, sich auf Bodo zu stürzen und ihm ein Knie in den Leib zu rammen.

Bodo bleibt die Luft weg. Jonas dreht ihn auf den Bauch und verschnürt Hände und Beine mit seinem Klebeband.

„Das wird Dir noch leid tun".

Als er sich gerade aufrichten will, trifft ihn Marlene mit einem schweren Aschenbecher am Kopf. Mit einem dumpfen Laut bricht er über Bodo zusammen.

„Du hättest mir die Hände auf den Rücken binden sollen, Du Schwein".

Nachdem ihn Marlene von dem Klebeband befreit hat, windet sich Bodo unter Jonas heraus. Der hat eine stark blutende Kopfwunde, lebt aber noch. Sie verschnüren ihn schnell, ehe er zu sich kommt. Auch seinen Mund kleben sie zu.

„Ich will nichts mehr von ihm hören" sagt Marlene.

Dann sitzen sie nebeneinander auf der Couch. Marlene zittert. Bodo holt erstmal ein Wasser, er hat wahnsinnigen Durst. „Was machen wir denn jetzt" fragt Marlene.

„Na, die Polizei rufen, was sonst?" Marlene schweigt. Bodo sieht sie an „hast Du eine bessere Idee?"

Sie atmet tief durch, zittert immer noch.

„Ich habe mir gerade überlegt, was nach der Polizei kommt. Sie werden ihn mitnehmen, klar. Aber dann? Er wird wegen Einbruch verurteilt. Wenn wir Glück haben, wegen versuchter Geiselnahme. Wenn es schlecht für uns läuft, bekommt er ein Jahr, wenn es gut läuft vier oder fünf. Nach drei Jahren ist er wieder draußen. Und alles geht von vorne los".

Es klingelt. Bodo schaut zum Fenster raus und sieht bruchstückhaft ein weiß-grünes Auto vor seinem Tor.
„Das könnte doch der Wachdienst sein. Ich muss aufmachen, sonst brechen die auf".
„Wimmel die ab Bodo, wir brauchen noch Zeit".

Es ist der Wachdienst.

„Bei uns wurde Alarm ausgelöst, Senore K., weil die Stromversorgung unterbrochen ist. Ist alles in Ordnung?"
„Ja, ja, alles in Ordnung. Der Wassermotor hat gestreikt. Ich baue gleich ein anderes Aggregat ein. Haben Sie vielen Dank. Gut zu wissen, dass Sie trotzdem auf uns aufgepasst haben".
Kostet ja auch 300 Euro im Monat, denkt Bodo, da können die ruhig etwas tun.

Er setzt sich wieder zu Marlene. „Du hast recht, Marlene, in ein paar Jahren haben wir das gleiche Problem. Aber was sollen wir tun?"
Der letzte Satz hängt eine Weile im Raum. Beiden wird allmählich bewusst, worauf das hinausläuft. Keiner will es aussprechen.

Es ist schließlich Bodo, der Bewegung in die Sache bringt. Ihm ist der Brunnen eingefallen, er scheut sich aber noch davor, seinen Gedanken auszusprechen. Eine angespannte Stille tritt ein.

„Hinten auf dem Grundstück ist ein alter Brunnen, seit Jahren ausgetrocknet. Der müsste acht bis neun Meter tief sein. Mit gemauerten Wänden, ziemlich glatt." Er hält inne und schaut Marlene fragend an „hast Du an so etwas gedacht?".

Sie nickt langsam „wir brauchen eine endgültige Lösung".

Sie schleifen ihn raus, so verschnürt, wie er ist. Er ist schwer, sie müssen Beide mit aller Kraft ziehen. Auf halbem Weg kommt er zu sich. Sie merken, wie er sich plötzlich versteift. Als sie am Brunnen angekommen sind, entfernt Bodo die Abdeckung. Er schaut runter, nichts als Schwärze. Ich glaube, ich kann das nicht. Ich kann den nicht darunter werfen. Jonas stöhnt mittlerweile, hat offenbar mitbekommen, was hier geschehen soll. Seine Augen sind weit aufgerissen, eine Mischung aus Angst und Wut. Sein Stöhnen wird immer lauter. Gut, dass auf dieser Seite keine Nachbarn wohnen, denkt Bodo.

Wir sollten ihn vorher töten, sonst quält er sich tagelang. Nein, stimmt nicht, er wird schon den Sturz nicht überleben. Ach du lieber Gott, was soll ich nur tun? Bodo ist mit den Nerven am Ende.

Marlene sagt auch nichts. Vielleicht denkt sie gerade an die wenigen guten Seiten von Jonas. Vielleicht aber auch an das Gegenteil, um sich Mut zu machen.

„Lass es uns zu Ende bringen. Es muss sein".

Sie wuchten den Körper über den 20cm hohen Brunnenrand. Es ist nur noch eine mechanische Handlung, als würde man einen Sack Zement hinunterwerfen. Nur nicht mehr daran denken, dass dies ein Mensch ist. Aber es ist einer. Er windet sich, er krümmt die Beine, er schreit unter seinem Klebeband. Es dauert ewig, bis sie ihn in die richtige Lage gebracht haben. Dann fällt er. Mit einem stumpfen, knackenden Geräusch schlägt er unten auf.

Sie sitzen noch lange am Brunnenrand. Es kommt kein Laut mehr.

***

44

John Bolder sieht nicht aus, wie man sich einen Statistiker vorstellt. Er ist groß, blond, muskulös. Man würde ihn eher für einen Surfer halten. In Colorado ist es allerdings etwas schwierig mit dem surfen. Deshalb ist er Tennisspieler geworden. Das macht er gut und mit viel Enthusiasmus. Allerdings mit begrenztem Talent. Für mehr als einen regionalen Titel an der highschool hat es nicht gereicht.

Jetzt ist er 32 Jahre alt, seit sechs Jahren verheiratet mit Jenny, seiner Jugendliebe. Er arbeitet am statistischen Landesamt in Denver. Seit geraumer Zeit schon wollen er und seine Frau Kinder. Aber es hat nie geklappt. Überhaupt gibt es erstaunliche Parallelen zu Jörg und Meike in Deutschland. Der Unterschied ist nur, dass Jenny und John bisher gar nicht auf die Idee kamen, sich näher untersuchen zu lassen. Das wird schon irgendwann werden, so Gott will.

Beide sind gläubig, tiefgläubig. John kommt aus einer Familie, die fest an Gott glaubt, gar keinen anderen Gedanken kennt. Vor dem Essen wurde gebetet, vor dem Schlafengehen wurde gebetet und wenn es ein Problem gab, wandte man sich an den Herrn. Der würde es schon richten und wenn nicht, fehlte es an der nötigen Ernsthaftigkeit, hatte man vielleicht sogar heimlich gezweifelt. Kein Wunder, dass der Herr seine Gunst entzogen hatte.

Bei Jenny war der Glaube nicht ganz so tief verankert, doch die Basis war auch hier gelegt. John musste nur ein bisschen nachhelfen und seine Frau teilte seine uneingeschränkte Liebe zu Gott. Mittwochs, freitags und natürlich sonntags gehen sie in die kleine Episkopalkirche, sitzen immer in der ersten Reihe unter Gleichgesinnten und singen voller Inbrunst die Kirchenlieder mit.

Nach dem Gottesdienst warten John und Jenny auf Father Fletcher. Sie wollen mit ihm über ihren Kinderwunsch reden, seinen Rat einholen. Wie immer verabschiedet der Pfarrer seine Schäfchen an der Tür zur Kirche. Als alle weg sind, wendet er sich an das junge Ehepaar.

„Ich habe Euch warten sehen. Was kann ich für Euch tun, Jenny und John?"

Sie erzählen davon, dass sie seit längerer Zeit Kinder haben wollen, der Herr es aber offenbar nicht wolle. Father Fletcher schaut nachdenklich auf Jenny „ist es Euch Ernst damit?" Sie nicken entschlossen.

„Gut, dann werde ich Euch helfen. Am besten, ich spreche erst mit Jenny allein. Passt es Dir am

Mittwoch, mein Kind?" Sie verabreden sich für Mittwoch, nach der Mittagsstunde.

Als Jenny am Mittwoch zur vereinbarten Zeit kommt, führt Father Fletcher sie in einen Nebenraum und bittet Jenny, sich auf die Couch zu legen.

„Ich habe meine Haushälterin weggeschickt, damit wir ungestört reden können". Jenny lächelt ihn dankbar an. Die Vorhänge sind zugezogen, der Raum liegt im Halbdunkel.

Er lässt Jenny erzählen, wie lange sie es schon versuchen, wie oft, in welchen Stellungen. Die Fragen werden immer intimer.

„Ich verstehe, ich verstehe" murmelt er immer als Antwort.

„Jetzt schließe Deine Augen mein Kind, ich werde Dich jetzt berühren". Er streichelt ihr sanft den Bauch, in leicht kreisenden Bewegungen.

„Hier sitzt das Zentrum der Empfängnis. Wer empfangen will, muss sich öffnen". Mit leiser, fast zärtlicher Stimme spricht er zu ihr. Seine Hand zieht immer größere Kreise. Berührt ihre Scham. Drückt und streichelt.

„Merkst Du, wie gut Dir das tut, Jenny?"

Und Jenny merkt es tatsächlich. Ihr ganzer Unterleib ist schon warm, als würde die göttliche Hand sie berühren. Jetzt schiebt er seine Hand unter ihren Rock „öffne Dich, mein Kind" und sie macht die Beine auseinander. Seine Hand gleitet in ihr Höschen, streichelt die Klitoris, fährt an ihrer Vagina entlang. Jenny stöhnt leise. Sein Finger dringt in sie ein, bewegt sich hin und her, immer schneller. Er zieht seine Hose aus, schiebt ihr Höschen im Schritt einfach zur Seite und dringt in sie ein.

„Lass Deine Augen zu, mein Kind. Der göttliche Samen wird Dich gleich berühren".

Auf dem Weg nach Hause kommt Jenny langsam zu sich. Was war das, denkt sie, was war das eben? Sie kann es nicht einordnen. Hat er mich verführt, war das ein göttliches Ritual? Könnte das geholfen haben? Sie weiß es nicht. Auf jeden Fall werde ich John nichts davon erzählen. Als er sie später fragt, wie das Gespräch mit Father Fletcher gelaufen sei, sagt sie nur „gut. Ich glaube, dass es uns helfen wird".

Johns Hauptaufgabe im statistischen Landesamt ist die Ermittlung der Inflationsrate in Colorado. Dazu lässt er sich von einer Vielzahl von Kontaktleuten im Land monatlich Preise für die unterschiedlichsten Produkte melden.

Es gibt definierte Warenkörbe für 2-Personen-Haushalte, für 4 und 6 Personen, mit kleinen und großen Kindern, für Singles, für alte und junge Haushalte, für Akademiker- und Arbeiter-haushalte und noch etliches mehr. Je nach Haushalt sind die Produkte unterschiedlich gewichtet oder auch gar nicht enthalten.

Früher war das eine üble Rechnerei, heute geht das recht einfach und schnell. Das Programm über-nimmt den größten Teil der Aufgabe. Seine Ergebnisse meldet er an jedem ersten Dienstag im Monat an das zentrale Bundesamt, das die Daten für alle Bundesstaaten zusammenfasst. Damit ist das für ihn erledigt. Daneben ist er noch für einige kleinere Gebiete wie Altersgruppenbestimmungen, Sterberaten, Zinssätze für verschiedenste Anlageformen *und* die Geburtsrate im Land zuständig.

Normalerweise haut er die Daten in den Computer, lässt den rechnen und Charts erstellen und leitet die Daten weiter. Alles Routine. Dann gönnt er sich ein Päuschen und wendet sich einem seiner geliebten Computerspiele zu. *Candy Crush* ist eines davon. Fünf Leben, die sind schnell verbraucht. Das dauert nicht länger als 20, 30 Minuten. Dann macht er weiter mit seinen statistischen Erfassungen. Jetzt aber hat die zentrale IT die Computerspiele geblockt. Nahm wohl überhand in letzter Zeit.

Deshalb schaut sich John Bolder seine letzten Daten und Charts etwas genauer an. Es sind die über Geburtsraten. Für Mai ist ein Rückgang von 15% ausgewiesen. Das ist sehr viel. Er holt sich die Zahlen des Vormonats auf den Bildschirm. Da waren es 12%, auch sehr viel. Er ruft sich das Chart für ein komplettes Jahr auf, erkennt einen klaren Trend – einen immer stärkeren Rückgang der Geburtsraten.

John ruft seinen Kollegen aus dem Nachbarbüro.

„Will, schau Dir das doch bitte mal an. Wir haben einen deutlichen Rückgang der Geburtsraten, letzten Monat bereits 15%". Will beugt sich über den PC „Wie sah es denn im Jahr zuvor aus? Lass uns mal die letzten fünf Jahre anschauen. Prüf auch, wie es bundesweit aussieht". Bundesweit ist es ähnlich, mit einigen Abweichungen in den einzelnen Staaten. Colorado stellt so etwas wie eine Durchschnittsgröße dar. Diese Entwicklung hat vor ein bis zwei Jahren eingesetzt. Davor sind die Rückgänge so minimal, dass sie keine statistische Relevanz haben.

„Tja, und jetzt?" fragt Will „siehst Du Handlungsbedarf?"

„Ich bin mir nicht sicher. Wir kennen ja auch die Einflussgrößen nicht. Vielleicht liegt es an der geringeren Zuwanderung aus Südamerika in den letzten Jahren. Oder an dem Rückgang der Arbeitslosigkeit. Die Leute haben einfach keine Zeit mehr, Kinder zu machen".

„Wir sollten das im Auge behalten" mein Will und geht. Er kennt John ziemlich gut, weiß auch von seiner ihm etwas unheimlichen Zuwendung zu Gott. Nicht zu verstehen, dass ein so rational denkender Mensch wie John so unreflektiert glauben kann.

Früher hatte er noch versucht, mit ihm über Gott zu diskutieren.

„Wenn es wirklich einen Gott gibt, wie kann er all das zulassen, was hier passiert, noch dazu in seinem Namen – Hexenverbrennungen im Mittelalter, terroristische Anschläge mit tausenden von Toten, das Massaker in Russland mit dreihundert toten Kindern, ein Tsunami mit 200.000 Toten oder gar die systematische Ermordung von sechs Millionen Juden? Wie soll das zu einem Gott passen, der schützend seine Hand über uns hält?"

„Gott hat gesagt, seid freien Willens. Was nichts anderes bedeutet als, ihr entscheidet über Euer Schicksal. Er will, dass die Menschen über sich selbst bestimmen und nicht deshalb an ihn glauben, damit er sie beschützt".

„Warum betest Du dann zu ihm, wenn er nicht eingreift? Das macht doch dann keinen Sinn. Für mich gibt es keinerlei Beleg dafür, dass Gott existiert".

„Schau Dich um. Sieh die wunderbare Natur und sag mir, es gibt keinen Beleg für seine Existenz. Es ist umgekehrt – es gibt keinen Beweis, dass er nicht existiert".

„Natürlich nicht. Für etwas, dass es nicht gibt, kann es keinen Beweis geben. John schaut ihn voller Unverständnis an „wieso nicht?"

„Wenn ich Dir jetzt sage, im Wald von Lakewood gibt es einen rosafarbenen fliegenden Elefanten – wie willst Du mir beweisen, dass es ihn nicht gibt?"

„Ganz einfach – indem wir nachsehen".

„Ja klar, wenn wir ihn finden, haben wir den Beweis. Aber wenn nicht – ich sage Dir dann, der Elefant ist sehr scheu und weiß sich gut zu verstecken. Dann suchen wir einen Monat, finden ihn nicht. Haben wir dann einen Beweis, dass es ihn nicht gibt?"

„Rosafarbener fliegender Elefant, was? Das wird mir jetzt zu blöd!"

Sie hatten das Thema nicht mehr angeschnitten. Brachte nichts.

***

45

Eine Tat, wie die von Bodo K. und Marlene, kann ein Paar entweder auseinander bringen oder zusammenschweißen. Bei ihnen war das Gefühl der Zusammengehörigkeit, der Schicksalsgemeinschaft, größer geworden. Der Gedanke an den im Brunnen liegenden Jonas war allerdings allgegenwärtig. Bodo hatte den Brunnen in der Zwischenzeit aufgefüllt, mit Kies. Eine ziemlich schweißtreibende Arbeit. Musste aber sein, es ließ ihm keine Ruhe.

Sie sprachen zwar selten über jenen Nachmittag, konnten es aber gegenseitig an ihren Gesichtern ablesen, wenn ihre Gedanken wieder dahin abschweiften. Sie versuchten, darüber hinweg zu kommen. Riefen sich immer wieder die Notwendigkeit ihres Handelns ins Bewusstsein. Aber es war schwer, sehr schwer. Alltag und Freude wollten sich nur zäh einstellen. Sie trösteten sich damit, dass es auch erst fünf Wochen her war. Die Zeit würde ihnen schon helfen.

Heute sind sie auf dem Weg nach Verona. Ein bisschen shoppen, gemütlich zu Abend essen und dann in die berühmte Freiluftoper. Es gibt eine Neuinszenierung von Verdi's La Traviata. Nicht unbedingt Bodos Ding, aber Marlene freut sich sehr darauf.

Bodo hat wie immer sein Fenster unten. Damit er den 8-Zylinder hört.
„Hör doch mal, Marlene, hör doch mal".
„Was denn, Bodo, ich höre gar nichts".
„Oh Marlene, Du Fiesling, Du weißt genau, was ich meine".
„Ah jetzt, wo Du's sagst, hör ich es auch – Du meinst das Klappern hinten links".
„Marlene!" und er kneift sie grinsend in den Oberschenkel.

Hinter Lugagnano, kurz vor Verona, passiert es. In einer Linkskurve kommt ihnen plötzlich ein Auto entgegen, auf ihrer Fahrspur. Für Bodo geschieht es wie in Zeitlupe. Als würde die Zeit angehalten, total verlangsamt. Er kann noch „oh Mist" sagen, sogar Optionen abwägen, wie links oder rechts ausweichen. Er entscheidet sich ganz bewusst fürs abbremsen, als beste Alternative, fährt nur etwa 40 km/h als das andere Auto frontal mit ihnen zusammenstößt.

Wahrscheinlich wäre es einigermaßen glimpflich abgegangen, beide waren angeschnallt, aber der Airbag von Bodo geht nicht auf. Später stellte sich heraus, dass die Zündpille im Gasgenerator defekt war. Das hatte der Maserati auch angezeigt, Bodo allerdings war noch nicht dazu gekommen, das reparieren zu lassen.

Bodo schlägt heftig mit dem Kopf auf das Lenkrad. Es ist aus Holz, hartes Mahagoniholz. Es zerbricht und ein Stück des Lenkrades bohrt sich in Bodo's Schläfe. Marlene kommt vergleichsweise glimpflich davon. Sie hat zwei Rippenbrüche und heftige Blutergüsse vom Sicherheitsgurt. Beide sind bewusstlos.

Die schnell eintreffenden Rettungssanitäter brauchen eine volle Stunde, um Bodo aus dem Wrack zu befreien. Die Feuerwehr sägt das Lenkrad links und rechts neben dem Kopf ab. Das Stück im Kopf von Bodo lassen sie auf Anweisung des Rettungsdienstes stecken. Man befürchtet auch eine Fraktur der Halswirbel, schiebt ihm eine Platte hinter die Wirbelsäule und legt ihn mit allergrößter Vorsicht auf die Trage. Marlene ist zu dieser Zeit bereits im Krankenhaus in Verona.

Der Fahrer des gegnerischen Autos war sofort tot. Ob es Absicht war oder eine Ablenkung, die ihn auf die Gegenfahrbahn brachte, konnte nie geklärt werden.

Im Krankenhaus versetzt man Bodo in einen künstlichen Tiefschlaf. Anschließend schickt man ihn durch das MRT, um zu sehen, wie tief das Stück vom Lenkrad im Kopf steckt und ob es das Gehirn verletzt hätte. Das schien nicht der Fall zu sein, man war sich aber nicht ganz sicher. Erkennbar war jedoch, dass das Gehirn anschwoll.

Nach eingehender Untersuchung beschließt der verantwortliche Gehirnchirurg, einen Teil der Schädeldecke zu öffnen, um Platz für die Schwellung zu schaffen. Auf keinen Fall möchte man, dass der Innendruck auf das Gehirn einwirkt.

Das Teil vom Lenkrad hat man bereits entfernt. Es steckte acht Millimeter im Gehirn, wie anhand der grauen Ränder zu erkennen war. Eine Schädigung des Gehirns ist wahrscheinlich, allerdings medizinisch irreparabel. Das sei eine Aufgabe für die Natur. Zum Glück hat Bodo wenigstens keine Verletzung an der Wirbelsäule.

Marlene kann bereits am nächsten Tag ihr Krankenbett verlassen. Sie macht sich sofort auf den Weg zu Bodo, er liegt auf der Intensiv-Station. Als sie sieht, dass er künstlich beatmet wird, ist sie geschockt.

„Was ist mit ihm?" fragt sie die zuständige Schwester.
„Wir mussten ihn in ein künstliches Koma versetzen, deshalb die Beatmung. Ich hole Ihnen gleich den Arzt, der kann Ihnen alles genau erklären."

Eine Viertelstunde später ist der Arzt da, ein Dottore Tinelli.
„Das Gehirn Ihres Mannes ist durch das eingedrungene Stück des Lenkrades und den Aufprall partiell stark angeschwollen. Wir mussten ihn sedieren. Derzeit noch relativ intensiv, ich denke aber, wir können die Dosierung in zehn bis zwölf Tagen herunterfahren und dann auch die künstliche Beatmung einstellen".
„Ist sein Leben bedroht?" mit einer Mischung aus Hoffnung und Angst schaut Marlene zu dem Arzt.
„Nein, Ihr Mann ist außer Lebensgefahr. Unser Augenmerk richtet sich vor allem darauf, dass keine bleibenden Gehirnschäden entstehen. Deshalb überwachen wir auch die Gehirnaktivitäten.

Sprechen Sie mit ihm, lesen Sie ihm etwas vor, streicheln Sie ihn. Das regt an und wird ihm gut tun".

Marlene sitzt von nun an jeden Tag vier, fünf Stunden an seinem Bett. Sie könnte das Krankenhaus längst verlassen, hat sich aber ein Zimmer auf demselben Gang geben lassen und kann so jederzeit zu ihm. Bei schönem Wetter geht sie auch mal raus, einfach um mal etwas anderes zu sehen, ihre Gedanken zu ordnen.

Bodo wurde mittlerweile aus der Intensiv-Station in den regulären Krankenbetrieb verlegt. Gestern hat man begonnen, die Sedierung herunter zu fahren. Das wird schrittweise erfolgen über einen Zeitraum von drei Tagen.

Danach sollte Bodo aufwachen. Marlene ist jetzt schon aufgeregt. Sie glaubt fest daran, dass Bodo keine bleibenden Schäden davontragen wird.

***

46

Die Geburtsraten sind in den letzten beiden Monaten noch stärker gefallen. John beobachtet die Zahlen mittlerweile genau. Am Monatsende kann er es kaum erwarten, die Daten endlich zu bekommen. Im Juni betrug der Rückgang bereits 18%, im Juli waren es noch mal 6 Prozentpunkte mehr. Die Zahlen der anderen Bundesstaaten sind ähnlich. Er muss etwas tun und spricht mit seinem Chef.

„Das ist in der Tat sehr beunruhigend", meint der. „Nächste Woche findet der statistische Supreme Kongress in Mailand statt. Ich möchte, dass Sie hinfliegen und sich mit den Kollegen in Europa und Asien austauschen. Möglicherweise wurden dort die gleichen Erfahrungen gemacht. Am Besten Sie kontaktieren Ihre Leute bereits im Vorfeld, damit die sich schlau machen können. Irgendetwas ist da im Gange. Halten Sie mich auf dem Laufenden".

„Ach John, wie sieht es eigentlich privat bei Ihnen aus – wollten Sie nicht auch schon seit längerer Zeit Nachwuchs?"

„Ja, bisher hat es allerdings nicht geklappt".

„Vielleicht gibt es ja einen Zusammenhang?"

„Ja, wäre denkbar".

Eine Woche später ist John in Mailand. Er hat sich so darauf gefreut, nach Italien zu kommen. War noch nie hier. Was er zunächst sieht, hat nichts mit dem Bild von Italien zu tun, das er in seinem Kopf hat. Unschöne Zweckgebäude, überfüllte Straßen und ein fast schon hässliches Kongresszentrum. Er wohnt in einem unpersönlichen Hotel in der Nähe und zu allem Überfluss regnet es auch noch. Im August, in Italien. Nein, so hat er sich das nicht vorgestellt.

Da er früh dran ist und am heutigen Tag sowieso nichts Besseres vorhat, nimmt er sich einen Mietwagen und kehrt Mailand erstmal den Rücken. Er hat alle Hände voll zu tun, unbeschadet durch den dichten Verkehr Mailands zu kommen. Was für ein Stress. Irgendwann fährt er einfach nur noch geradeaus. Schilder kann er bei der Hektik eh nicht lesen. Er atmet erst auf, als er auf der italienischen Autobahn ist.

Eigentlich wollte er zum Lago di Como fahren, um mal etwas richtig italienisches zu sehen. Aber die Ausfahrt hat er wohl verpasst. Jetzt ist er in Richtung Bergamo unterwegs. Das war nicht der Plan. Er fährt runter von der Autobahn, auch weil es endlich nach Natur aussieht und steht vor einem Tierpark. Dann also kein Lago di Como, nehme ich halt den Tierpark, denkt er fatalistisch. Tiere sind auch schön.

Er kauft sich eine Eintrittskarte und beginnt seinen Rundweg durch den Zoo. Bleibt mal bei den Bären stehen, mal bei den Löwen. Schließlich entdeckt er das Affengehege und davor eine einladende Bank. Ein Pfleger ist gerade dabei, Futter unter den Schimpansen zu verteilen. „Come on, boys" ruft der Mann, etwa in seinem Alter.

Als der wieder aus dem Gehege herauskommt, spricht ihn John an. Der Pfleger ist auch Amerikaner, aus Ohio und arbeitet schon seit zwei Jahren hier. Wollte ursprünglich nur einen Europatrip machen und blieb dann hier hängen.

John erzählt von seinem Kongress und auch von der Absicht, einem bisher nicht erklärbaren Geburten- rückgang nachzugehen. Der Pfleger merkt auf „nach dem, was ich hier gehört habe, gibt es auch bei den Schimpansen Nachwuchsprobleme. Bei den Bonobos soweit ich informiert bin auch".

„Weiß denn hier jemand Genaueres?"
„Dottore Peralli, unser Tierarzt, kann Dir bestimmt weiterhelfen. Ich suche ihn mal".

Zehn Minuten später ist Dottore Peralli da, sehr interessiert.
„Wir beobachten schon seit geraumer Zeit, dass in dem meisten Zoo's in Europa nur noch sehr vereinzelt Affen geboren werden. Das betrifft ausschließlich Primaten, also Gorillas, Schimpansen, Bonobos und Orang-Utans. Die anderen Affen sind nicht betroffen. Eine Erklärung dafür haben wir bisher nicht gefunden. Alle Untersuchungen verliefen ohne Ergebnis. In den Schutzgebieten

Afrikas ist das auch zu beobachten, allerdings nicht in dieser Ausprägung".

John nickt „das ist eine sehr wichtige Information für mich. Wir haben . bei Menschen eine ähnliche Entwicklung, deswegen bin ich ja hier. Haben Sie die Tiere auf Infektionen oder andere Ursachen untersucht?"
„Ja selbstverständlich. Nur gefunden haben wir nichts. Für uns ist das unerklärlich".

John bedankt sich. Man werde der Sache nachgehen. Auf dem Rückweg nach Mailand ist er sehr nachdenklich. Bei den Primaten also auch. Wahrscheinlich hat die Krankheit oder was es auch immer ist, dort ihren Ursprung. Wäre nicht das erste Mal. In Mailand gibt er seinen Mietwagen wieder ab. Ich muss jetzt mal auf andere Gedanken kommen. Alles weitere morgen.

Er macht sich auf den Weg in die nahe gelegene Innenstadt, nimmt dort erstmal in aller Ruhe ein kleines Mittagessen zu sich. Pasta und Cola, wofür er den einen oder anderen missbilligenden Blick erntet. Anschließend kauft er sich für happige 80 Dollar eine Karte für Da Vincis Abendmahl in der Santa Maria delle Gracie. Steht vor dem berühmten Bild und kann sich dem Einfluss nicht entziehen. Jesus inmitten seiner Jünger am Abend vor seiner Kreuzigung.

John ist zutiefst bewegt. Er hat das Gefühl, dabei zu sein. Jesus unmittelbar zu spüren. Er muss sich gewaltsam losreißen, andere Besucher warten bereits. Als er aus der Kirche heraustritt, hat er weiche Beine, muss sich erstmal irgendwo hinsetzen.

Was für ein Erlebnis. Es ist ihm, als wäre er in die Geschichte eingetaucht. Mailand gefällt ihm immer besser.

Am nächsten Morgen um 9.00 Uhr beginnt der zweitägige Kongress. John ist bereits eine halbe Stunde vorher da, möchte mit dem einen oder anderen Kollegen reden, bevor der offizielle Teil beginnt. Die Themen des heutigen Tages drehen sich ausschließlich um mathematisch-technische Verfahren. Korrelationsanalysen und ähnliches Zeug. Auch morgen wird das, was ihn eigentlich interessiert, nicht behandelt. Er muss zusehen, dass das Thema „Geburtenrückgang" außerhalb der Tagesordnung im kleinen Kreis besprochen wird.

Die meisten Kollegen, mit denen er telefonisch Kontakt aufgenommen hat, kennt er nicht persönlich. Wir hätten uns wie bei einem blind date eine rote Rose an das Revers stecken sollen, denkt John. Das hätte Einiges einfacher gemacht. Er geht zum Informationsschalter. Vielleicht kann man dort die Anderen ausrufen und zum meeting-Point beordern. Die Namen hat er ja. Die nette Dame am Schalter ist ihm gerne behilflich. Sie gibt die Namen und den Treffpunkt über die Lautsprecheranlage durch.

Er geht zum meeting-Point. Einer ist bereits da, der Kollege aus Japan. Man begrüßt sich und beide warten auf die anderen Statistiker. Zehn Minuten später kommen auch die anderen, mit denen er telefoniert hat. Es sind die Vertreter aus Japan, China, Australien, Deutschland, England, Brasilien und natürlich Italien. Nur vom afrikanischen Kontinent ist niemand vertreten.

John regt an, mit Blick auf die Bedeutung des Geburtenrückgangs, den offiziellen Teil der Veranstaltung erstmal sausen zu lassen und sich in einen separaten Raum zurückzuziehen. Alle sind einverstanden. In einem kleinen Nebenraum präsentieren sie ihre Zahlen. John übernimmt die Moderation.

Das Ergebnis ist schockierend – von Monat zu Monat gehen die Geburtszahlen immer stärker zurück. Japan und China verzeichnen ein Minus von 25%, die europäischen Länder sogar 27%., Australien 22%. Lediglich Brasilien liegt mit 17% etwas niedriger. Alle schauen sich beunruhigt an. Das ist nicht mehr auf länderspezifische Einflüsse zurückzuführen, darin sind sich alle einig.

„Ich habe noch eine interessante Information für uns. Durch Zufall kam ich gestern mit einem Tierarzt in einem Zoo ins Gespräch. Er erzählte mir, dass es bei Primaten, nur bei Primaten, eine ähnliche Entwicklung gibt. Die scheint bereits weiter fortgeschritten zu sein."
„Das deutet meines Erachtens auf ein unbekanntes Virus oder ein Bakterium hin", meint der Kollege aus England „vielleicht hat das bei den Primaten seinen Ursprung".

Man beschließt, die WHO, die Weltgesundheitsorganisation, zu informieren.

***

47

Bodo K. liegt nach wie vor im Koma. Die Sedierung wurde vor zwei Wochen beendet, die künstliche Beatmung eingestellt. Zwar ist Bodo noch immer an eine Menge Schläuche angeschlossen, die dienen aber nur der Überwachung seiner Organfunktionen.

Marlene sitzt wie immer an seinem Krankenbett, liest ihm vor, aus der Zeitung, aus einem dicken Buch. Sie hat eines seiner Lieblingsbücher mitgebracht, Falladas „Wolf unter Wölfen", fast 1000 Seiten. Er liebt es – hat immer gesagt, ein wundervoll menschliches, überraschend humorvolles Buch. Nur zum Schluss etwas düster. Sie ist jetzt schon auf Seite 680, streichelt seine Hand „Bodo, wach endlich auf, hörst Du". Aber er liegt nur da, atmet ruhig, seine Augen rollen gelegentlich unter den Lidern. Seit zwei Wochen geht das nun schon so.

Sie steht auf, geht ans Fenster. Ich darf den Mut nicht verlieren, sagt sie sich, andere lagen Jahre im

Koma und sind doch wieder aufgewacht. Jahre denkt sie, wie soll das denn gehen? Sie beobachtet ein Schwanenpärchen. Vor dem Krankenhaus ist ein kleiner See. Zwischen ihnen schwimmen sechs Kleine, immer von den Eltern beschützt.

Fast hätte sie es überhört, das leise „Marlene?" Sie fährt herum.

„Bodo - Bodo, Du bist wach". Sie stürzt an sein Bett, er schaut sie nur ruhig, noch etwas abwesend an, flüstert „Marlene". Sie nimmt seine Hand „ich bin hier" und ihre Tränen fließen.

„Was ist passiert, warum bin ich hier?" Und sie erzählt ihm von dem Unfall, seiner schweren Verletzung, der langen Zeit im Krankenhaus.

„Das ist jetzt alles nicht mehr wichtig, Du bist wieder da, das ist die Hauptsache". Sie klingelt nach der Schwester, Dottore Tinelli kommt hinzu. Alle sind froh, man beglückwünscht Bodo und Marlene und sich selbst für den guten Verlauf.

„Ich denke, noch eine Woche zur Beobachtung, dann können Sie das Krankenhaus verlassen. Im Prinzip sind Sie wieder gesund. Ruhen Sie sich jetzt erst mal aus. Ich schicke Ihnen später unsere Psychologin vorbei. Die würde sich gerne mit Ihnen unterhalten". Bodo ist eingeschlafen, nur normaler Schlaf, kein Koma mehr.

Die Psychologin kommt am nächsten Morgen vorbei, nach dem Frühstück, das er mit Marlene genommen hat. Man hat Bodo schlafen lassen.

„Guten Morgen, Senore K." die Psychologin hat eine sanfte, unaufdringliche Stimme. „Mein Name ist

Marnella Boresi. Ich möchte Ihnen ein paar Fragen stellen, um zu sehen, ob es Ihnen gut geht. Sind Sie damit einverstanden?"

„Ja, fragen Sie".

Sie fragt Bodo nach seinem Geburtsdatum, seinem Wohnort, wie lange er schon in Italien lebt, ob er verheiratet ist, Kinder hat. Bodo beantwortet alle Fragen zur Zufriedenheit von Dottora Boresi, nur bei der Frage nach Ehe und Kindern stockt er, schaut Marlene an, die im Hintergrund sitzt,

„Ja, ich bin verheiratet, nein ich war verheiratet, bin schon seit vielen Jahren geschieden und ich habe zwei Kinder". Es ist als grabe er in seinem Gedächtnis, er zögert „ich habe sie seit vielen Jahren nicht mehr gesehen". Die Psychologin macht eine Pause „lassen Sie sich Zeit".

Bodo ist nachdenklich geworden, schaut immer wieder zu Marlene.

„Haben Sie irgendwelche Erinnerungen oder Eindrücke an die Zeit, in der Sie im Tiefschlaf waren?" Bodo versucht sich zu erinnern. „Vielleicht einen Tunnel, Licht oder große Helligkeit?"

„Nein" antwortet Bodo, „keinen Tunnel, aber Licht, eher Blitze. Für Bruchteile von Sekunden war es ganz hell, aber ich konnte nichts erkennen, jedenfalls nichts, was ich hätte verstehen können. Nur Fragmente".

Jetzt ist Bodo beunruhigt, angespannt. Er bewegt seine Beine hektisch hin und her. Seine rechte Hand zuckt.

„Quälen Sie sich nicht, solche Erinnerungen lassen sich nicht herbeizwingen. Ich denke, für heute beenden wir das Gespräch. Wenn Sie wollen, komme ich morgen gerne wieder". Bodo nickt nur, ist gedanklich noch immer abwesend.

In der Nacht schreckt Bodo plötzlich hoch. Richtet sich abrupt im Bett auf.

„Sie wollen uns töten" ruft er.
Marlene, die jetzt bei ihm im Zimmer schläft, wacht auch auf „was ist los?".
„Nein, sie wollen uns nicht töten, sie wollen nur, dass wir aussterben".
„Wovon sprichst Du, um Himmels Willen?"
„Gestern fragte die Psychologin, ob ich mich an irgend etwas erinnern könnte als ich im Koma lag. Aber es waren nur Bruchstücke von Bildern, die keinen Sinn ergaben. Es sind immer noch nur Bruchstücke und die Bilder ergeben immer noch keinen Sinn. Aber ich weiß jetzt, was sie wollen. Es ist wie in einem Traum, verworrene Bilder, verschwommene Gestalten, aber Du weißt auf einmal genau, was es bedeutet, Du erkennst die Absicht. Die Absicht ist, dass die Menschheit ausstirbt. Das weiß ich genau".

„Wer hat diese Absicht und wie soll das gehen?"
„Wer das ist, weiß ich nicht. Aber ich weiß, dass es der Wassermotor ist. Mein Wassermotor wird dafür sorgen. Ich muss etwas tun, Marlene".

***

48

22 Leute sitzen an dem riesigen Tisch. Die WHO hat nach Genf eingeladen. Generaldirektor Chris Barley leitet die Sitzung. Auf Drängen mehrer Mitgliedsstaaten, allen voran die USA, hat er eine überaus kompetente Runde zusammengestellt. Drei Vertreter statistischer Bundesämter sind anwesend – USA, China und England. Aus den USA nicht der Initiator John aus Colorado, aber sein Chef. Vier Mikrobiologen, hochgeschätzte Experten aus Japan, USA, Deutschland und Norwegen, spezialisiert auf Viren, Bakterien und kleinzellige Organismen. Ebenfalls vier Strahlenexperten unterschiedlicher Fachgebiete - aus Russland ein Fachmann für Teilchenstrahlung, aus Kanada eine Fachfrau für elektromagnetische Wellen, aus Frankreich und den USA zwei Expertinnen für ionisierende Strahlung. Vom Max-Plank-Institut aus Deutschland wurde ein Quantenphysiker hinzugezogen. Die Runde wird ergänzt durch zwei weitere Vertreter der WHO, zwei Humanmediziner aus der

Embryonalforschung, zwei Primatenforscher und drei Dolmetscher.

„Guten Morgen meine Damen und Herren", eröffnet Chris Barley die Sitzung, „wir haben es mit einem sehr ernsten Problem zu tun – mit einem offenbar weltweiten Rückgang von Geburten. Dank der Initiative der USA", er blickt dankbar nickend zu John's Chef, „wurden für zeitnah informiert. Wir werden uns die Zahlen anschließend genau anschauen können. Nur eines vorweg – in den letzten vier Wochen, das ist der Zeitraum, den wir für die Sitzungsvorbereitung und die Einladungen benötigten, sind die Geburtszahlen weiter gefallen. Die Entwicklung scheint sich zu beschleunigen. Aus der Primatenforschung hören wir das Gleiche. Es scheint sogar einiges darauf hinzudeuten, dass der Geburtenrückgang dort früher eingesetzt hat. Das könnte den Schluss nahe legen, dass dort auch der Ursprung zu finden ist. Aber wir wollen nicht voreilig sein. Jedenfalls tun wir gut daran, zügig an der Lösung dieses Problems zu arbeiten. Ich bitte deshalb alle Teilnehmer der Runde, sich, so weit es möglich ist, kurz zu fassen.

Die heutige Zusammenkunft dient einer ersten Evaluierung. Wir werden uns in vier Wochen erneut hier treffen. Bis dahin bitte ich Sie, eingehende Untersuchungen anzustellen". An dieser Stelle macht sich Unruhe breit. Einer der Teilnehmer weist darauf hin, dass „eingehende Untersuchungen in vier Wochen nicht möglich sind".

„Ich verstehe Ihren Einwand, sicher sind vier Wochen für eine wissenschaftliche Bewertung ein sehr kurzer Zeitraum. Andererseits, das werden Sie gleich sehen können, haben wir es mit einer sich beschleunigenden Entwicklung zu tun. Wenn wir den bisherigen Trend interpolieren, dann bleiben uns nur noch wenige Monate bis zu einer Geburtsrate von Null. Wir sind zum Erfolg verdammt".

Die Statistiker zeigen ihre Daten auf. Die USA weisen bereits ein Minus von 34% aus, China 36% und Europa sogar 40%. Der Trend hat sich tatsächlich verstärkt, jeden Monat nimmt der Geburtenrückgang mehr zu. Diese Entwicklung gilt in gleicher Weise für die bisher nicht vertretenen Kontinente, nämlich Südamerika und Afrika. Auch wenn sie absolut niedrigere Werte verzeichnen.

Das Phänomen findet weltweit statt.

Als nächstes sind die Embryonalmediziner aufgerufen. Beide berichten übereinstimmend, dass zahlreiche Untersuchungen gezeigt haben, dass das Sperma von immer mehr Männern inaktiv sei, also nicht zur Zeugung geeignet.

Die Spermien seien nicht deformiert oder in anderer Weise beschädigt. Sie seien schlicht und einfach tot. Und wenn hier so viel von Zahlen und Geburtenrückgängen die Rede sei – sie, also die Mediziner, seien diesen Daten naturgemäß neun Monate voraus. Würden daher bereits jetzt sehen können, wie die Geburtsraten in neun Monaten sein würden. Ihre Zahlen seien zwar nicht empirisch belegt, aber nach derzeitigem Kenntnisstand liege die Quote nicht zeugungsfähiger Männer bereits bei über 90%. Die Runde ist geschockt.

„Das sind geradezu erschreckende Zahlen. Selbst wenn sie nicht empirisch belegt sind – auch 80% wären ein Desaster", der Generaldirektor der WHO ist sichtlich getroffen.

Die Primatenforscher schauen sich ungerührt um „unsere Untersuchungen werden Sie nicht beruhigen. Bei den Primaten konnten ebenfalls nur tote Spermien festgestellt werden. Exakt dasselbe Bild wie bei Menschen. Nur liegt unsere Quote bei 100%".

Entsetzen macht sich breit. Mit solchen Zahlen hatte niemand gerechnet.

„Weshalb hat das so lange gedauert, bis diese Daten auf dem Tisch liegen? Wir hätten bereits vor Monaten zusammenkommen müssen".

Alle Blicke sind auf Chris Barley gerichtet.

„Ich wundere mich genau wie Sie – die ersten Informationen, die wir zu diesem Thema bekamen, erhielten wir aus den statistischen Ämtern, genauer gesagt, aus den USA. Dort wurde man vor drei Monaten darauf aufmerksam, beobachtete noch zwei Monate und unterrichtete uns anschließend.

Wir haben dann unverzüglich zu dieser Sitzung eingeladen. Aber ich darf Ihnen versichern, dass die WHO aufgrund dieser neuen Erkenntnisse ihr Meldenetz verfeinern und die Embryonalforschung Mensch und Tier künftig einbeziehen wird. Lassen Sie uns jetzt bitte in die Zukunft schauen."

Die nachfolgende Diskussion über die möglichen Ursachen droht zu einem Expertenstreit auszuarten. Chris Barley muss sich erneut einschalten. Er versucht die verschiedenen Beiträge zusammenzufassen.

„Wenn ich diesen Meinungsaustausch jetzt richtig verstanden habe, schließen Sie jeweils Ihren Fachbereich als mögliche Ursache aus. Dann würde mich interessieren, welche Fachdisziplin Ihrer Ansicht nach in Frage käme?" Er schaut auffordernd in die Runde. Allgemeine Ratlosigkeit macht sich breit.

„Mr. Barley hat recht. Es kann nur eine der hier vertretenen Fachrichtungen in Frage kommen. Ich wüsste jedenfalls keine andere", der Vertreter Kanadas versucht sich konstruktiv.

„Gut, meine Damen und Herren, dann lassen Sie uns bitte so verfahren, wie eingangs besprochen. Starten Sie Ihre Untersuchungen mit höchster Priorität. Wir wollen und müssen eine Lösung finden. In vier Wochen sehen wir uns wieder. Ich wünsche uns allen viel Erfolg".

***

Bodo und Marlene sind wieder in ihrem Haus am Gardasee. Gestern wurde Bodo aus dem Krankenhaus entlassen, mit der Auflage, sich die nächsten Tage zu schonen. Keinerlei körperliche Anstrengungen. Wenn irgendwelche Beschwerden aufträten, soll er sich sofort melden. Bodo hat dies zugesagt.

Jetzt gehen sie gemütlich durch ihren Garten. Den Bereich um den Brunnen meiden sie.
„Wie fühlst Du Dich, Bodo" fragt Marlene.
„Gut, gut, noch ein bisschen schwach, aber es wird schon. Ich muss nach Wiesbaden" fügt er ansatzlos hinzu, „ich muss sie warnen".

Längst hat er mitbekommen, was die Menschen derzeit beschäftigt. Der Geburtenrückgang ist das Medienthema der Woche. Keine Fernsehsendung, keine Zeitung, die nicht darüber berichtet.

„Ich verstehe ja, dass Du Dich irgendwie verantwortlich fühlst, aber was willst Du denn tun?"

„Du siehst ja, dass sich die WHO mit dem Thema befasst. Dass eine Menge Wissenschaftler darauf angesetzt sind. Ich bezweifle, dass sie die Ursache finden. Zumindest kann ich die Untersuchungen beschleunigen. Das ist das Wenigste, was ich tun kann".

„Und was bedeutet das konkret?"

„Ich werde mich erstmal mit Timm und Wolf zusammensetzen. Dann sehen wir weiter."

„Meinst Du nicht, dass das in Deinem jetzigen Zustand noch zu früh ist?"

„Wenn Du fährst, kann ich mich ausruhen. Dann geht das schon".

Er erreicht Timm telefonisch zu Hause. Sagt ihm in aller Kürze, dass sie sich unbedingt treffen müssen. Ja, morgen schon. Es sei sehr wichtig. Wolf erwischt er auf einer Autotour durch Ostdeutschland. „Ja, wenn es denn sein muss. Ich breche die Tour ab. Bin morgen in Wiesbaden. Bis dann."

Sie fahren am nächsten Morgen sehr früh, mit Marlenes Auto, einem kleinen BMW-Kombi. Es ist ein Level-4-Auto und fährt selbstständig. Der Fahrer muss nur im Bedarfsfall eingreifen können. Vollauto-matisierte Autos sind zwar technisch möglich, aber in Europa nicht zugelassen. Marlene kann sich trotzdem mit geschlossenen Augen der Musik hingeben, eine feine Sache. Die künstliche Soundanlage ist ausgestellt. Bis auf die Musik gleiten sie lautlos dahin.

Ich muss mir ein Auto kaufen, denkt Bodo, der schöne Quattroporte ist ja kaputt, na ja, das hat Zeit. Angst hat er keine, wieder in einem Auto zu sitzen. Gut so, das wäre jetzt nicht unbedingt hilfreich.

Nachmittags sind sie in Wiesbaden. Die Freunde begrüßen sich herzlich, sind sofort wieder miteinander vertraut, obwohl sie sich drei Jahre nicht gesehen haben. Er stellt Ihnen Marlene vor, meine „Quasi-Ehefrau".

„Du hast ja regelrecht Geschmack entwickelt in den letzten Jahren", meint Wolf grinsend mit Blick auf Marlene.

„Ich bin halt noch lernfähig, im Gegensatz zu manch anderen Leuten. Kommt, lasst uns reden, es ist wichtig".

Und er berichtet von seinem schweren Unfall und seinem mehrwöchigen Koma. Timm und Wolf beschweren sich, dass niemand sie informiert hätte. Sie wären doch sofort nach Verona gekommen. Das zielt zweifellos auf Marlene.

Sie sagt, dass sie zwar von Timm und Wolf gewusst hätte, aber in der Ausnahmesituation, in der sie gewesen sei, gar nicht daran gedacht habe. Beim nächsten Mal werde sie es besser machen. Ein etwas müder Scherz.

„Am Tag, nachdem ich aus dem Koma erwacht war, sprach ich mit einer Psychologin, unter anderem auch über irgendwelche Erinnerungen aus der Tiefschlafphase. Da bereits kamen erste Fragmente in mir hoch. In der Nacht darauf wusste ich es plötzlich – der Wassermotor dient dazu, die

Menschheit unfruchtbar zu machen, wir müssen etwas tun, bevor es zu spät ist".

Timm und Wolf schauen ihn ungläubig an „was ist denn das für ein Unsinn, Du willst geträumt haben, dass der Wassermotor Schuld an den Geburtenrückgängen ist, über die alle reden?"

„Ich habe es nicht geträumt, ich habe mich an etwas erinnert, das vor vielen Jahren passiert ist. An die Zeit, als ich den Wassermotor „*erfunden*" habe. Da waren auch viele Bildsequenzen, ganz kurze, die ich nicht sinnvoll zusammenbekommen habe. Aber ich WEIß, dass mit dem Wassermotor ein ganz bestimmter Zweck verfolgt wurde. Ich weiß es einfach, das müsst Ihr mir glauben".

Sie sind immer noch nicht ganz überzeugt, schließen aber auch die Version von Bodo nicht aus.

„Mal angenommen, das trifft alles zu, was können wir tun"?
„Für mich liegt das auf der Hand – wir müssen die WHO informieren, damit man die Untersuchungen vorrangig auf den Wassermotor konzentriert und nicht kostbare Zeit mit der Suche nach anderen Ursachen verschwendet. Wenn ich dort allerdings als Bodo K. auflaufe und von meinen Koma-Erinnerungen berichte, werden die mich auslachen.

Wir brauchen jemand mit Einfluss und Reputation und ich weiß auch schon, wer das sein wird. Unsere Kanzlerin, jetzt Ex-Kanzlerin. Dort werden wir ansetzen. Jetzt ist es schon zu spät, morgen früh werde ich sie anrufen und einen Termin ausmachen".

„Ja, lasst uns das tun", sagt Timm, „ich bin dabei".

„Gut, dann haken wir das ab. Lasst uns trotz aller Probleme angemessen unser Wiedersehen feiern. Ich, Bodo K., lade Euch zum besten Italiener in Wiesbaden ein, dort, wo man in einem Separée einen Grappa trinken und eine Zigarre rauchen kann".

Es wird ein netter Abend. Marlene ist oft im Mittelpunkt und das tut ihr sichtlich gut. Mit ihrem kleinen Grübchen beim Lachen sieht sie hinreißend aus. Irgendwann kommt Timm auf die um sich greifende Unfruchtbarkeit zurück.

„Stellt Euch wirklich mal vor, es kommt so, wie derzeit alle befürchten – es gäbe in absehbarer Zeit keine Kinder mehr. Sagen wir mal, in ein paar Jahren gibt es nirgends mehr Kinder. Wie wäre das für Euch?"

„Das wäre furchtbar, Kinder sind schließlich unsere Zukunft".

„Ach, hör doch mit solchen Plattitüden auf. Was heißt denn *unsere* Zukunft. Deine, meine, Ihre? Du meinst die Menschheit als Ganzes, die Spezies, die die Natur immer mehr zurückdrängt, alles zubetoniert. Die Menschheit, die Raubbau an unserer Umwelt begeht, die Chemie in die Äcker pumpt, um sich überhaupt noch ernähren zu können. Unser Wassermotor hat zwar viele Umweltprobleme gelöst, aber längst nicht alle", Timm redet sich immer mehr in Rage.

„Na ja", meint Bodo mit feiner Ironie „darf ich Dich daran erinnern, dass wir gerade dabei sind, auch die verbliebenen Probleme zu lösen".

Bei Timm ist dieser Hinweis von Bodo nicht ange-kommen.

„Ich laufe in letzter Zeit mit anderen Augen durch die Gegend. Schau Dir mal unsere überfüllten Straßen an, schau Dir mal die LKW-Kolonnen auf den Autobahnen an, alles zu unserer Versorgung. Schau Dir mal die Mieten in den Städten an, immer weniger Einheimische können sich die leisten. Es gibt einfach zu viele Menschen auf diesem Planeten."

„Dann lassen wir die Menschen einfach aussterben? Du spinnst ja wohl", das war Wolf.

„Natürlich möchte ich nicht, dass die Menschheit ausstirbt. Aber ein paar Milliarden weniger wäre nicht schlecht. Ich weiß, das hört sich makaber und herzlos an, aber für die Natur und für uns alle wäre es von Vorteil".

„Na ja", meint Marlene, „das Ergebnis dieser Unfruchtbarkeit wäre, anders als zum Beispiel durch einen Krieg, dass niemand getötet würde. Alle, die bereits leben, blieben verschont. Und – wenn man es ganz nüchtern sieht – die, die nicht geboren werden, wissen nichts davon. Haben keine Ahnung, was sie versäumen oder auch nicht. Im Grunde wäre das eine sehr humane Variante, die Bevölke-rungszahl zu reduzieren".

Sie schauen sich nun doch etwas erschrocken an. Rein rational scheint das zu stimmen, aber der Bauch sagt, um Himmels Willen, so darf man doch nicht denken.

Wolf fasst es schließlich zusammen „ich glaube, wir sind besoffen. Lasst uns ein Taxi bestellen. Ihr habt morgen noch einiges vor".

Am nächsten Morgen ruft Bodo die ehemalige Kanzlerin an. Die Telefonnummer hat er in seinen alten Unterlagen gefunden. Sie war in Südtirol zum Wandern und ist gestern erst zurückgekommen. Ja, natürlich freut sie sich, von Bodo K. zu hören, ob es denn etwas Dringendes gäbe? Ja, aber nicht am Telefon.

Sie könnten jederzeit kommen, sie wäre in den nächsten Tagen zu Hause und sie freue sich auf den Besuch. Gleich heute? Ja, wunderbar.

Bodo und Timm machen sich sofort auf den Weg in die Uckermark. Marlene bleibt derweil in der Stadtwohnung von Bodo. Morgen wollen sie wieder zurück sein. Die Fahrt ist zäh, es ist ein Montag, sehr viel Verkehr.
„Siehst Du, was hier für ein Verkehr ist?" Timm versucht das Gespräch von gestern Abend wieder aufzunehmen. Bodo nickt aber nur schweigend auf

seinem Beifahrersitz. Kurz vor Magdeburg gehen sie an einer Raststätte etwas essen. Dort gibt es frische Pasta, gar nicht schlecht, und auch der Espresso danach kann sich sehen lassen. Die Raststätten in Deutschland sind besser geworden, denkt Bodo.

Jetzt fahren sie Richtung Berlin und stehen zum ersten Mal richtig im Stau. Kein Weiterkommen, auch nicht im Schritttempo. Alles steht, die Leute steigen aus. Keiner weiß etwas, man kann nur eine drei Kilometer lange Autoschlange sehen. Bodo macht ein kleines Nickerchen. Nach einer halben Stunde geht es weiter, ganz normal, als wäre nichts gewesen. Die Staus hier im Osten sind anders als bei uns, geht Bodo durch den Kopf. Bei uns geht es immer zäh irgendwie weiter. Merkwürdig.

Natürlich haben sie sich dann auch noch verfahren. Als sie endlich in Templin ankommen, ist es bereits fünf Uhr. Das Haus der Ex-Kanzlerin ist unauffällig, in einem unauffälligen Wohn-viertel. Nie hätten sie hier eine so prominente Person vermutet. Hier wohnen mittlere Angestellte, Ingenieure oder höhere Beamte. Das passt zu ihr, denkt Timm, immer schön bescheiden.

Sie öffnet die Haustür persönlich. Die muss jetzt auch schon um die 80 Jahre alt sein, geht es Bodo durch den Kopf, leicht gekrümmt ist sie schon, aber immer noch mit wachen, klaren Augen.

„Kommen Sie herein, meine Herren" sie schüttelt jedem die Hand „ich gehe mal besser vor". Sie bittet Timm und Bodo ins Wohnzimmer, groß aber nicht pompös, mit vielen Büchern, mehreren Sitzmöglichkeiten. Sie serviert Kaffee und eine kleine Plätzchenauswahl.

„Mein Mann lässt sich entschuldigen, er ist auf einer Wissenschaftler-Tagung, selbst organisiert," wie sie schmunzelnd anmerkt „da treffen sich lauter gleich gesinnte Senioren und tauschen sich über das Schicksal der Welt aus".

„Ich freue mich jedenfalls, Sie mal wieder zu sehen, schließlich haben Sie mir zum Höhepunkt meiner Kanzlerschaft verholfen". Sie blickt Timm und Bodo auffordernd an und Bodo ergreift das Wort.

„ Unser Besuch bei Ihnen, Frau Kanzlerin, ist heute leider nicht erfreulich. Wir haben Grund zu der Annahme, dass unser Wassermotor Schuld ist, an den massiven Geburtenrückgängen in den letzten Monaten". Bodo erklärt den Hintergrund, seinen Unfall, sein Koma und seine Erinnerungen.

„Könnte das nicht nur eine Projektierung sein, ausgelöst durch die massive Berichterstattung in den Medien?"
„Davon wusste ich zu dem Zeitpunkt gar nichts. Ich lag wochenlang im Koma, war ja völlig abgeschnitten von der Außenwelt".
„Ja, da haben Sie vermutlich recht, Herr K., aber möglicherweise lief ein Fernseher in Ihrem Zimmer oder jemand hat Ihnen aus Zeitungen vorgelesen?"

Timm richtet sich auf „könnte das nicht sein, Bodo?"

Bodo windet sich „theoretisch könnte das sein. Aber es war nicht so. Ich konnte mich deutlich daran erinnern, den Zweck des Wassermotors als Faktum verstanden zu haben. Und zwar nicht zur

Energieerzeugung sondern zur Ausmerzung der Menschheit".

Er erzählt der ehemaligen Kanzlerin, wie der Wassermotor wirklich entstanden ist. Dass die Geschichte von dem Forscherteam, das 15 Jahre lang geforscht hätte, gar nicht stimme. Dass er sich auf dem Monte Baldo zu einem kleinen Schläfchen hingelegt habe und drei Tage später wieder aufgewacht sei, ohne jede Erinnerung. Dass er dann wusste, wie man einen solchen Motor baue und auch ständig das Gefühl hatte, er müsse es tun. Und dass er überhaupt keine Ahnung von technischen Dingen habe.

„Ich weiß, wie sich das anhört und ich spreche es auch nur ungern aus, aber nach meiner festen Überzeugung wurde ich von einer fremden Macht beeinflusst. Eine andere Erklärung habe ich nicht. Ich suche schon seit Jahren danach".

Die Kanzlerin nickt nachdenklich „Sie könnten recht haben, ich wüsste auch keine andere Erklärung. Ihr Wassermotor verstieß damals gegen alle bekannten Grundlagen der Physik, war so einfach und gleichzeitig doch so genial, dass ich mich gewundert habe, dass Menschen so etwas überhaupt erfinden können. Aber das ging mir mit einigen anderen Erfindungen ähnlich, obwohl ich auch Physikerin bin. Als Prakmatikerin habe ich das einfach so genommen wie es war, es war ja auch ein Glücksfall für uns alle."

„Was erwarten Sie jetzt von mir?", die Kanzlerin beugt sich nach vorn.

„Wie ich aus der Presse weiß, beschäftigt sich die WHO intensiv mit den Geburtenrückgängen. Zahlreiche Wissenschaftler suchen nach der Ursache, in allen möglichen Fachdisziplinen. Wenn ich der WHO sage, es könnte am Wassermotor liegen, werden die mich nicht ernst nehmen. Wenn Sie mit der WHO sprechen, sieht das völlig anders aus.

Man sollte zum einen den Wassermotor auf alle möglichen Arten von Strahlung untersuchen und parallel dazu empirisch die Verbreitung des Wassermotors mit den Geburtenrückgängen vergleichen. Ich fürchte, dass wir es mit einer uns unbekannten Art von Strahlung zu tun haben, die wir gar nicht messen können, deshalb glaube ich, dass uns eher eine quantitative Untersuchung weiter bringt".

Die Kanzlerin verspricht, ihre Kontakte zur WHO in diesem Sinn zu nutzen. Bodo und Timm bedanken und verabschieden sich. Die Kanzlerin versichert ihnen, es gäbe keinen Grund, sich Vorwürfe zu machen. Sie hätten alles getan, was getan werden könne.

Was für eine Geschichte denkt sie, als die Beiden weg sind, er hat den Wassermotor auf dem Monte Baldo im Schlaf erfunden. Das glaubt mir nicht mal Joachim.

***

50

„John, kommen Sie herein", der Chef bittet ihn Platz zu nehmen. „Wir warten noch auf den Kollegen Will – wie geht's Ihrer Familie?" John möchte gerade antworten, da kommt Will herein.

„Gut meine Herren, lassen Sie uns keine Zeit verlieren. Wie Sie wissen, war ich gestern auf einer Sondersitzung der WHO in Genf. Der Generaldirektor informierte über ein Gespräch, das er mit der ehemaligen Kanzlerin Deutschlands geführt habe. Sie habe ihn darauf hingewiesen, dass es möglicherweise einen Zusammenhang des Geburtenrückgangs mit der Einführung des Wassermotors gibt. Stichhaltige Argumente, die dafür sprechen, konnte sie nicht geben.

Allerdings haben damals deutsche Forscher diesen Wassermotor entwickelt und an die von ihr geführte Bundesregierung übertragen. Deutschland hat davon erheblich profitiert, ebenso die damalige Kanzlerin, deren Partei bei späteren Wahlen einen Erdrutsch-Sieg davontrug. Ich erzähle Ihnen das, um deutlich zu machen, dass kein Interesse seitens der Ex-Kanzlerin bestehen kann, den Wassermotor in Misskredit zu bringen.

Die WHO lässt nun einerseits weiter untersuchen, ob der Wassermotor Strahlungen abgibt, die Spermien schädigen können. Darum kümmern sich die verschiedenen Strahlenexperten. Andererseits soll überprüft werden, ob es eine Korrelation zwischen der Einführung des Motors und den Geburten- rückgängen gibt. Und da kommen wir ins Spiel.

Die WHO möchte, dass wir so etwas wie eine weltumspannende Evidenzzentrale für eine umfas- sende epidemiologische Untersuchung werden.
„Oho", sagt John, „das hört sich nach einer fünfjährigen Studie an. Ich nehme mal an, dass wir keine fünf Jahre Zeit haben"?

„Da liegen Sie richtig. Wir müssen die Quadratur des Kreises schaffen, also gründlich und schnell sein. Deshalb will ich meine besten Leute darauf ansetzen und das sind Sie. Wir werden das im amerikanischen Stil durchziehen – effektiv. Wir sind an Ergebnissen interessiert und nicht daran, auch noch die letzte Lücke zu schließen. Stellen Sie ein Team zusammen, suchen Sie sich die geeigneten Leute aus. Definieren Sie Ihren Untersuchungsansatz.

Der Wassermotor wurde nicht überall gleichzeitig eingeführt und nicht überall gleich schnell verbreitet. Wenn es einen Zusammenhang gibt, dann müsste der auch aus unterschiedlich einsetzenden Geburtenrückgängen ersichtlich sein. Wir haben eine Mammutaufgabe vor uns und keine Zeit. An die Arbeit, meine Herren".

Als John und Will wieder draußen sind, schauen Sie sich an. „Privatleben erstmal auf nicht absehbare Zeit gestrichen" sagt Will, „ich werde mir ein Feldbett in mein Büro stellen. Solltest Du vielleicht auch tun".

Sie arbeiten wirklich rund um die Uhr. John braucht zwar kein Feldbett zu organisieren, er hat nur 15 Minuten bis nach Hause, aber ein 16, 17 Stundentag wird zur Normalität. Nachts kann er nur schwer einschlafen, immer wieder prüft er in Gedanken, ob er auch ja nichts vergessen hat. Neben seinem Bett, auf dem Nachttisch liegt sein blaues Büchlein, damit er sich jede Idee, die ihm mitten in der Nacht kommt, notieren kann. Ja nichts vergessen. Jenny schaute sich das ein paar Tage an, dann verbannt sie das blaue Büchlein und John muss Schlaftabletten nehmen. „Du hältst das sonst nicht durch, glaub mir".

Nach drei Wochen haben sie die nötigen Daten zusammen. Sechs Länder fehlen noch und niemand weiß, wann deren Zahlen kommen. Also muss es auch ohne sie gehen. Mitarbeiter geben die Daten ein, ein IT-Fachmann baute bereits auf die Schnelle ein passendes Programm. Gigantische Datenmengen werden verarbeitet.

Will und John treffen sich mit ihrem Team zur abschließenden Bewertung. Alle stehen um einen großen Bildschirm herum. Eine Weltkarte ploppt auf. Land für Land und Jahr für Jahr wird in fortschreitender Animierung die Verbreitung des Wassermotors angezeigt und, farblich abgesetzt, das Ausmaß des Geburtenrückgangs. Unruhe kommt auf, alle zeigen und reden gleichzeitig.

Der Zusammenhang ist offenkundig. Ziemlich genau zehn Jahre nach einer 70%igen Verbreitung des Wassermotors beginnt die Zahl der Geburten zurückzugehen. Zwar gibt es geringe Abweichungen zwischen den jeweiligen Ländern, das muss aber auf andere Einflüsse zurückzuführen sein. Südamerika und vor allem Afrika weisen geringere Rückgänge auf, weil dort die Produktion und damit die Verbreitung des Wassermotors zeitverzögert erfolgte.

Auch die mathematischen Modelle zeigen eine Korrelation von 94%. Die Ursache ist gefunden. John und Will holen ihren Vorgesetzten hinzu und präsentieren ihm voller Stolz ihre Ergebnisse.

„Ich stimme Ihnen zu, der Wassermotor ist verantwortlich für den Rückgang der Geburten. Daran kann es jetzt keinen Zweifel mehr geben. Meine Damen und Herren, das war ausgezeichnete Arbeit. Ich werde unverzüglich die WHO informieren."

***

Bodo und Marlene sehen sich auf der Couch liegend die Nachrichten im Fernsehen an. Die WHO berichtet über die Ergebnisse ihrer Untersuchungen, die eindeutig einen Zusammenhang zwischen der Verbreitung des Wassermotors und den beobachteten Geburtenrückgängen zeigen.

Es kann kein Zweifel daran bestehen, sagt der Sprecher, dass der Wassermotor die Ursache dafür ist. Alle Länder werden aufgefordert, den Wassermotor durch alternative Energien zu ersetzen. Dies müsse so schnell wie möglich erfolgen.

In einem Kommentar werden erste Zweifel an diesem so eilig herbeigeführten Ergebnis angemeldet und auf die Probleme einer etwaigen Umstellung verwiesen. Ein Neuaufbau alternativer Energieformen würde etliche Jahre dauern. Lediglich ein Rückgriff auf fossile Energien könne schneller erfolgen. Aber wollen wir das wirklich?

Bodo schaut Marlene an „ also doch, ich hatte recht und es war gut, die ehemalige Kanzlerin einzuschalten. Nur wird es nichts mehr bringen. Selbst wenn wir es schaffen, den Wassermotor in ein paar Jahren zu ersetzen, wird sich nichts mehr ändern".

„Du meinst, es ist schon zu spät?"

„Ja, es ist zu spät, da bin ich mir sicher. Wer eine solche Technologie entwickelt, der weiß auch die Folgen so zu steuern, wie er das haben möchte".

„Ach Bodo, wir können es nur noch abwarten. Alles was Du tun konntest, hast Du getan. Jetzt sind andere dran. Jedenfalls ist es gut, dass wir nie Kinder haben wollten".

„Du bist doch nicht etwa egoistisch?"

„Niemals – ich denke immer nur an Dich".

***

52

Bodo K. feiert heute seinen 65. Geburtstag. Er wollte ihn eigentlich unaufgeregt nur mit Marlene am Gardasee begehen, doch Marlene hat ihn daran erinnert, dass er zwei Kinder hat und es höchste Zeit wäre, sie mal wieder zu sehen. Er würde sie jetzt schon nicht mehr erkennen, wenn sie ihm auf der Straße begegnen würden. Also sind sie nach Wiesbaden gefahren, in seine Stadtwohnung. Er hat sich übrigens wieder einen Maserati Quattroporte gekauft.

Diesmal das neue Modell, mit Airbags an allen Ecken und Enden. Man weiß ja nie. Natürlich fährt er selbst. So ein Auto muss man selbst fahren, sich fahren zu lassen, wäre ein Frevel.

In Wiesbaden also soll die Geburtstagsfete statt-finden, in kleinem Kreis. Eingeladen sind natürlich Timm und Wolf sowie Bodo's Kinder Eva und Chris mit Anhang. Bodo ist nicht so genau über den Status seiner Kinder informiert, also ob sie verheiratet sind oder nicht. Man wird sehen.

Bodo wollte eigentlich in ein Restaurant gehen, Marlene aber war dagegen. In der Wohnung sei es persönlicher und vor allem ungezwungener. Schließlich habe er seine Kinder seit Jahren nicht mehr gesehen, da sei es besser, man begegne sich in den eigenen vier Wänden.

Natürlich stimmte Bodo zu. Er hat einen Catering-Service beauftragt, der um 20.00 Uhr ein kleines Buffet aufbauen wird. Italienische Antipasti, Carpaccio, Vitello Tonato und ähnliche Leckereien und als Hauptspeise frisch gegrillten Fisch, Dorade, Seezunge und King Prawns. Ein Koch soll das alles auf dem Dach der Penthouse-Wohnung zubereiten. Dazu wird es einen Lugana geben, den Beide kennen und schätzen lernten. Sie haben zwei Kisten davon vom Gardasee mitgebracht.

Jetzt sitzen sie wartend im Wohnzimmer. Bodo ist mittlerweile doch etwas aufgeregt, wegen seiner Kinder.
„Sei einfach locker, die werden Dich schon nicht auffressen", Marlene hat längst seine Anspannung bemerkt. Als erstes kommen Timm und Wolf. Man begrüßt sich herzlich und Bodo schenkt schon mal einen Aperitif aus.

„Heute seid Ihr gefragt, Jungs" sagt Marlene, „Bodo ist jetzt schon ganz hippelig. Ihr solltet ihm zur Seite stehen, wenn seine Blutsverwandten eintreffen. Er neigt zur Schockstarre, wenn er sie sieht".

Die Jungs, mittlerweile auch schon um die 60 Jahre, grinsen nur „wir sind an Deiner Seite Bodo, wir passen auf Dich auf".

Zehn Minuten später kommen sie. Alle vier auf einmal. Sie haben sich bestimmt abgesprochen. Sie übereichen die Geschenke, Eva stellt ihren Ehemann Alex vor, Chris seine Lebensgefährtin Janine. Bodo gibt sich allergrößte Mühe, seine Verkrampfung zu überspielen. Betonte Lockerheit. Alle merken es, zumindest Marlene und die beiden Jungs.

Die Kinder sind ja schon richtig erwachsen geworden, denkt Bodo, laut sagt er „erzählt doch mal, was Ihr so macht".

„Was wir so machen?", Chris sieht seinen Vater ungehalten an, „wir besuchen unseren ehemaligen Vater, der heute nur noch unser Erzeuger ist".

„Oh, Du bist sauer auf mich, ich verstehe das, ich habe mich wirklich lange nicht um Euch gekümmert. Ich kann mich allerdings nicht erinnern, dass Ihr Euch irgendwann um mich gekümmert hättet. Hättet Ihr ja auch tun können. Also werft mir nicht vor, was Ihr selbst nicht getan habt".

Eva schaltet sich ein „Du bist ja schließlich der Vater, und ein Vater sollte sich eher um seine Kinder kümmern als umgekehrt".

Nachdenklich sieht Bodo sie an. „Du hast recht – wenn ich so darüber nachdenke, wäre es wohl zuerst meine Aufgabe gewesen. Ich weiß auch nicht so genau, warum ich das nicht getan habe. Ich glaube, ich hatte immer das Gefühl, dass Ihr mich ablehnt, dass ich meine Vaterrolle nie ausgefüllt habe. Damals, als ich noch mit Eurer Mutter verheiratet war, habe ich ziemlich darunter gelitten. Ich kann mich noch gut an Eure Blicke erinnern, an die Verachtung, die daraus sprach. War zumindest mein Eindruck. Irgendwann habe ich es dann geschafft, das alles zu ignorieren, zu verdrängen. Und eine innere Distanz aufzubauen. Das war wohl so eine Art Selbstschutz." Er hält tief in seine Gedanken versunken inne.

„Ja, ich habe mich nicht um Euch gekümmert, und das tut mir leid. Ich wollte, das wäre alles anders gelaufen. Vielleicht ist es ja noch nicht zu spät, daran etwas zu ändern. Ich jedenfalls will meinen Teil gerne dazu beitragen. Was meint Ihr?"
„Ich weiß nicht, ob das so einfach geht", meint Eva „im Distanz aufbauen waren wir auch ganz gut. Wir können das versuchen, nur ob es gelingt? – das wird schon eine Weile dauern."

„Das ist doch schon mal ein guter Neustart. Nehmt erstmal einen Aperitif und lasst uns auf das neue Familienglück trinken" Marlene gibt sich flapsig optimistisch.
„Ich trinke keinen Alkohol" sagt Alex, der Ehemann von Eva. Das fängt ja gut an, denken Bodo, Marlene, Timm und Wolf.
„Einen Saft vielleicht?"

Endlich kommt das Essen. Alle bedienen sich am Buffet, es sieht auch wirklich zu lecker aus. Auf Janine's Teller verlieren sich ein paar gebratene Paprikastücke.

„Na, keinen Appetit?"
„Ich bin Veganerin".

„Keine Diskussion über dieses Thema", sagt Chris, „Janine möchte darüber nicht diskutieren".
„Ja, schon gut, wir diskutieren ja garnicht".

Bodo denkt, ich muss mal die Stimmung auflockern, „wollt Ihr Kinder haben?" schaut freundlich in die Runde, erstarrt, bin ich denn total bescheuert, dieses Thema anzuschneiden. Schnell konzentriert er sich auf sein Essen. Es ist zu spät.

„Kinder? Hast Du es noch nicht mitbekommen? Es gibt keine Kinder mehr. Dieser verdammte Wassermotor hat dafür gesorgt, dass alle unfruchtbar sind".
„Ja, ja, ich habe nicht daran gedacht – schreckliche Sache."

Das Thema lässt sich nicht mehr einfangen.
„Seit einigen Jahren werden überhaupt keine Kinder mehr geboren. Glaubt Ihr, dass die Umstellung auf die alten Energien irgendwas ändert?"
„Ich glaube nicht, dass sich etwas ändert. Wir werden uns wohl oder übel damit abfinden müssen", meint Chris, „ich wünschte nur, wir wüssten, wer dafür verantwortlich ist. Die sollten zur Rechenschaft gezogen werden."
„Ja, lebenslänglich wäre zu milde für die" Janine schaut Zustimmung heischend in die Runde „oder was meint Ihr?"

„Na ja", meldet sich Wolf zu Wort, „ich kann mir nicht vorstellen, dass das die Absicht der Erfinder war. Sie wollten wahrscheinlich nur saubere und billige Energie liefern. Mit den Nebenwirkungen hat sicher niemand gerechnet".

„Trotzdem – wenn Du versehentlich jemanden umbringst, ohne jede Absicht, dann bist du auch schuld. Und wirst bestraft. Und die haben Millionen quasi umgebracht. Wahrscheinlich werden sie die Menschheit ausrotten, wenn nicht noch ein Wunder passiert".

Bodo ist schlecht, so hat er das noch nicht gesehen. So radikal.

„Vielleicht steckt ja auch Gott dahinter, vielleicht ist das Gottes Plan" greift Janine etwas sprunghaft den Gedanken wieder auf. Keiner sagt etwas. Timm denkt, was soll denn dieser Mist jetzt. Bodo beschließt für sich, dazu lieber keine Meinung zu äußern.

Als die Stille etwas bleiernes bekommt und alle nur noch unter sich starren, ist es Marlene, die zuerst kapituliert.

„Du meinst, Gott hat die Nase voll von uns Menschen und entscheidet, noch mal ohne uns anzufangen? So in der Art"?

„Ja, das könnte doch sein".

„Weißt Du nicht, dass Gott nur für die guten Sachen zuständig ist? Die bösen sind alle menschen-gemacht, ist es nicht so?"

Die Ironie dieses Satzes geht völlig an Janine vorbei.

„Na ja, vielleicht ist das ja eine gute Sache. Vielleicht haben wir Menschen diesen Planeten doch zu sehr geknechtet und jetzt wird alles gewissermaßen resettet".

Gut, denkt Bodo, dann bin ich wenigstens nicht schuld. Belassen wir es dabei.

Chris macht ohne den Gottgedanken weiter „Jetzt haben sie die meisten Kindergärtnerinnen entlassen, auch Lehrer werden bereits abgebaut. Dort wird in wenigen Jahren die nächste Entlassungswelle erwartet. Ich weiß gar nicht, wie das weiter gehen soll".

Wolf schaltet sich ein „ wenn keine Kinder mehr nachkommen, wird das zu massiven gesellschaftlichen und wirtschaftlichen Veränderungen führen. Zuerst werden jugendliche Konsumenten fehlen. Die gesamte Industrie, aber auch Schulen, Kindergärten und ähnliche Einrichtungen dieses Zweiges werden verschwinden und natürlich deren Arbeitsplätze. Irgendwann wird es keine 20-Jährigen mehr geben und zehn Jahre später keine 30-Jährigen. Und so geht das weiter. Irgendwann werden die Jüngsten so alt sein, wie wir jetzt, also Bodo, Marlene und Timm und ich."

Na ja, denkt Timm, ich finde das gar nicht so schlimm.

„Vielleicht" fährt Wolf fort „lässt sich die Frage der Arbeitsplätze noch einige Zeit kompensieren, da keine jungen Leute in den Arbeitsmarkt kommen und die alten, vielleicht später als gewohnt, aber dennoch in den Ruhestand gehen. Auf längere Sicht aber wird das Verhältnis der arbeitenden zur nicht mehr arbeitenden Bevölkerung immer schiefer. Die Renten werden immer weiter gekürzt werden müssen."
„Und es wird immer mehr Arbeitslose geben – oder nicht?" wirft Alex ein.

„Da bin ich mir nicht sicher – da es immer weniger Menschen gibt, werden wahrscheinlich alle gebraucht, um in irgendeiner Form für die Gemeinschaft zu sorgen. Aber es sind gravierende Veränderungen im gesamten Wirtschaftsgefüge zu erwarten. An den Börsen werden sich die Verluste massiv ausweiten, von denen die sich nicht wieder erholen werden. Irgendeine Art von Wirtschaftswachstum wird es jedenfalls nicht mehr geben. Dies für alle, die ihr Geld in Aktien investiert haben". Wolf mustert die versammelten Multimillionäre.

Alle schauen sich betreten an. Bodo hält den Blick gesenkt. Wieder ist es Marlene, die versucht aus dem Tief herauszukommen „Du hast wahrscheinlich recht, Wolf, aber vielleicht gibt es dennoch ein paar gute Seiten. Wir haben durch den Wassermotor eine wunderbare Umwelt bekommen. Die Erderwärmung ist zurückgegangen, rund um die Pole nehmen die Eisflächen wieder zu. Die Luft ist so klar, wie noch nie. In den Meeren wimmelt es von Fischen. Für die existierende Menschheit ist der Wassermotor ein Segen. Und er wird wieder freigegeben werden, davon bin ich überzeugt."

Chris ist empört „ich weiß nicht, wie man den Umstand, dass die Menschheit ausgelöscht wird, so banalisieren kann. Ich weiß auch nicht, ob Ihr Euch überhaupt mal mit dem Thema „Menschheit und Verantwortung" beschäftigt habt. Es gibt zum Beispiel einen „ethischen Imperativ" von Hans Jonas *Handle so, dass die Wirkungen deiner Handlung verträglich sind mit der Permanenz echten menschlichen Lebens auf Erden"*.

Himmel noch mal, denkt Bodo, der wird ja immer unleidlicher.

Chris fährt fort „Permanenz menschlichen Lebens – das ist es, worauf es eigentlich ankommt. Und mit dieser Permanenz ist es jetzt vorbei. Dank des Wassermotors".

Bodo wird jetzt langsam ärgerlich. Nicht weil Chris Marlene angegriffen hat, das auch. Was er aber überhaupt nicht abkann, ist dieses apodiktische zitieren von Gedanken anderer Leute. Denk gefälligst selbst.

„Dein Jonas, wer auch immer das ist, geht offenbar von der völlig sicheren Annahme aus, dass die Existenz der Menschheit ein unabdingbarer Wert an sich ist. Der Mensch über allem, der Mensch als Selbstzweck. Mach Dir bitte mal klar, dass wir auch nur weiterentwickelte Tiere sind. Auch nur ein Teil der Fauna dieses Planeten. Woher nehmt Ihr eigentlich diese Überheblichkeit? Nur weil wir ein bisschen mehr Verstand haben als andere Lebewesen?"

„Also, ein bisschen mehr Verstand als andere Lebewesen – das finde ich jetzt schon ziemlich daneben. Übrigens hat dieser Hans Jonas, ich habe ihn auch gelesen" sagt Eva, „im Wesentlichen gerade von der Verantwortung des Menschen für die Natur gesprochen und keineswegs den Menschen an sich überhöht. Er sprach für alles Verletzliche und Bedrohte. Vor allem vor dem Hintergrund, dass der Mensch durchaus in der Lage sei, sich selbst und die Erde zu vernichten. Deshalb wäre es ganz gut, wenn Du mal wieder runterkämst, Vater Bodo".

Jetzt sind alle erstmal nachdenklich. Bodo's Ärger ist verraucht. Bei dem Wort „Vater" ist er innerlich dahingeschmolzen. Nur mit Mühe kann er seine Rührung unterdrücken. Sie hat ihn „Vater" genannt, nicht mehr „Erzeuger". Er schaut seine Tochter zum ersten Mal voller Zuneigung an, würde ihr am liebsten um den Hals fallen. Marlene schickt ihm einen beruhigenden Blick zu. Der ist gar nicht mehr nötig.

„Egal wer was und wie gemeint hat", sagt Timm, „wir werden uns damit abfinden müssen, dass es keine neuen Menschen mehr geben wird. Daran wird sich nichts mehr ändern. Für uns alle wird es darauf ankommen, uns mit dieser Situation zu arrangieren. Das Beste daraus zu machen, in dem wir die guten Seiten sehen. In dem wir die Jahre, die uns noch auf diesem Planeten verbleiben, sinnvoll nutzen und angenehm verbringen. Wir werden wieder Platz haben in den Städten. Wir werden auf dem Land leben und unser Gemüse selbst anbauen, vielleicht Schweine oder Hühner halten. Uns selbst versorgen.

Das ist eine große Chance, unser Leben wieder näher an die Natur zu bringen, in Einklang mit der Natur. Vielleicht werden wir erkennen, dass wir all das, was wir als industriellen Komplex bezeichnen, gar nicht unbedingt brauchen".

„Du meinst, zurück ins Mittelalter? Hast Du Dir mal angesehen, wie die damals gelebt haben? Wie die um ihr Überleben kämpfen mussten?" Chris ist immer noch aufgebracht.
„Nein, so wird es nicht werden. Wir wissen heute viel mehr oder werden es schnell lernen. Vor allem aber

besitzen wir Energie. Und diese Energie ist autark. Wir brauchen dazu keine Kraftwerke, keine gigantischen Maschinen. Wir haben Wärme, Technik und schnelle Fortbewegungsmittel. Und die Kommunikation wird auch weiter funktionieren. Alle Voraussetzungen für ein vergleichsweise angenehmes Leben sind vorhanden und bleiben uns."

Wolf greift den Gedanken auf „für mich hört sich das gut an. Die Menschheit hatte ihre Zeit auf der Erde und jetzt geht sie langsam zu Ende. Ein paar von uns werden wahrscheinlich übrig bleiben, also Kinder bekommen, irgendwo in einer abgelegenen Gegend. Das ist möglicherweise die Basis für menschliche Weiterentwicklung. Für uns aber, für uns persönlich gibt es eine zeitlich ganz normal begrenzte Zukunft. Wir brauchen uns nicht davor zu fürchten".

***

53

Zehn Jahre sind vergangen. Längst sind die Wassermotoren wieder einzige Energielieferanten. Die Umstellung auf alternative Energien führte zu keinerlei Verbesserung der Fruchtbarkeit. Zumal ein großer Teil der Weltbevölkerung nicht auf diese billige Energiequelle verzichten wollte. Man hat sich allgemein damit abgefunden, dass es keine Kinder mehr geben wird.

Die Erdbevölkerung nimmt nur langsam ab. Aktuell, also etwa dreißig Jahre nach Einführung des Wassermotors, leben immer noch vier Milliarden Menschen auf dem Planeten.

Seit die Autoproduktion um vierzig Prozent zurückgegangen ist, hat sich die europäische Autoindustrie in einer strategischen Allianz mit führenden Technologieunternehmen verstärkt um die Entwicklung und Produktion von Haushalts- und Pflegerobotern gekümmert. Diese Roboter sind selbstlernend, vermeiden die anfänglichen Fehler und erfreuen sich immer größerer Beliebtheit.

Überhaupt sind die Menschen näher zusammengerückt, macht sich eine so nicht erwartete Solidarität breit. Das Bewusstsein, dass die jetzt lebenden Generationen die letzten sind, führte zu einem gesellschaftlichen Zusammenhalt, der nicht wenige überrascht. Die alten Egoismen scheinen überwunden.

Viele Unternehmen haben sich neu ausgerichtet. Nicht mehr Gewinnsteigerung steht ganz oben auf der Zielskala sondern der solidarische Beitrag für die aussterbende Menschheit. So werden beispielsweise die Haushalts- und Pflegeroboter zum Selbstkostenpreis an eine staatliche Verteilungsstelle abgegeben, die den Preis nach den finanziellen Möglichkeiten der Abnehmer staffelt. Auch ärmere Haushalte sollen sich einen Roboter leisten können.

Bodo K. hat die Hälfte seines ohnehin drastisch geschrumpften Vermögens in diese Technologie investiert. Als gesellschaftlichen Beitrag. Er ist jetzt 75 Jahre alt, noch recht fit für sein Alter. Von irgendwelchen größeren Gebrechen oder ernsthaften Krankheiten blieb er bisher verschont. Die komplette Golfrunde spielt er nicht mehr, das wäre eine Quälerei, aber die 9er-Runde schafft er immer noch. Er lässt sich halt ein bisschen mehr Zeit als früher.

Zwei Mal in der Woche fährt er die paar Kilometer nach Bogliacco zur Anlage. Auch Marlene hat Gefallen daran gefunden. Und sie spielt sogar besser als er, ist halt beweglicher beim Hüftschwung.

Bodo wurde mittlerweile etwas schwerhörig. Die dunklen Töne hört er nicht mehr so gut. Die hellen allerdings auch nicht. Natürlich gibt er das nicht zu. „Ich habe ein sehr gutes Gehör, Marlene, Du musst nur klar und deutlich reden, dann verstehe ich alles".

Gestern fragte er so ins Haus hinein, „Marlene, kochst Du heute Abend was?" Aus dem oberen Stock kam ein Geräusch. Es könnte eine menschliche Stimme gewesen sein, vielleicht aber auch nur das Scharren eines Stuhles. „Sprich laut und deutlich, Marlene"

Diesmal hörte er zweifellos eine menschliche Stimme, sogar mit hoher Wahrscheinlichkeit die von Marlene. Sie musste einen ziemlich langen Satz gesprochen haben.

„Gib Dir Mühe, Marlene, das kannst Du besser".

Jetzt legte sie alle Kraft in ihre zarte Stimme. Er verstand nicht alles, aber doch irgendwas mit „meine Ruhe". Ja, ja, dachte Bodo, nuschelt vor sich hin und ich soll schwerhörig sein. „Ich finde, Du solltest mal so ein Sprechtraining machen, Marlene, das würde unserer Kommunikation gut tun".

Sie stand plötzlich hinter ihm, packte seinen Hals, würgte und schüttelte ihn. „DU GEHST MORGEN ZUM OHRENARZT", brüllte sie ihm ins Ohr, „DAS würde unserer Kommunikation gut tun".

Bodo freute sich diebiisch „ich hab doch alles verstanden, hab doch nur so getan". Hatte er natürlich nicht.

Heute, es ist Mittwoch, kümmern sie sich um ihren Garten. Sie haben ein Drittel des Grundstücks abgeteilt und dort Tomaten, Kartoffeln, Zucchini und noch einige andere Gemüsesorten ange-pflanzt. Zwar gibt es nach wie vor alles zu kaufen, aber sie wollen sich schon mal vorbereiten und vor allem Erfahrung sammeln. Marlene hat sich zwei Bücher über biologischen Anbau besorgt und wurde von Bodo zur „Geschäftsfeldmanagerin Agrar" ernannt. Voller Stolz stehen sie jetzt vor ihren Gemüsebeeten.

„Eigentlich ist die ganze Geschichte gar nicht so schlimm", sinniert Marlene vor sich hin, „es gibt immer noch alles zu kaufen, wenn auch zu deutlich höheren Preisen als früher. Was meinst Du, Bodo?"

„Ich weiß gar nicht, wie ich das alles bewerten soll. Die Menschheit stirbt aus, und anders als bei irgendwelchen Katastrophen bleiben alle unberührt. Das Ende er Menschheit ist eher ein abstraktes Thema, ein intellektuelles. Emotional sind wir irgendwie nicht betroffen. Erst, wenn wir darüber nachdenken".

„Mir geht es genauso", Marlene bückt sich nach ihren Tomaten, „ich glaube, das liegt daran, dass die, die uns nahestehen, nach wie vor da sind. Und die eigentlich Betroffenen, nämlich die ungebo-renen Kinder, die kennen wir gar nicht, die bleiben eine abstrakte Größe, die uns innerlich kaum berührt, weil wir keine Beziehung zu ihnen haben".

„Ja, ich sehe das auch so", Bodo reibt sich nachdenklich das Kinn, „ es ist eine irgendwie seltsame Situation. Wir sind die letzten Menschen auf diesem Planeten und fast alles geht weiter wie bisher. Zurück bleibt eine merkwürdige Wehmut, aber nur, wenn man darüber nachdenkt. Ich glaube, unser aller Glück ist, dass dieser Prozess des Aussterbens so langsam abläuft. Man kann sich gut damit arrangieren. Und so lange es meinen Valpolicella Ripaso noch gibt, kann mich eh nichts erschüttern". Er wirft einen verstohlenen Blick über den See in Richtung Monte Baldo. Noch immer hat er Schuldgefühle, wird sie auch wahrscheinlich nicht mehr los."

„Schwierig wird es erst, wenn die heute 30 bis 40-jährigen mal in unserem Alter sind. Für die wird dann niemand mehr da sein, um den Laden am Laufen zu halten. Man kann nur hoffen, dass diese Robots bis dahin in der Lage sind, einen Großteil der Aufgaben zu übernehmen. Wir Alten", er wirft einen Blick auf Marlene „besser gesagt, ich Alter, kann immer noch auf das zurückgreifen, was die Jungen produzieren. Uns wird es noch eine ganze Weile gut gehen".

„Ach Bodo, Du alte Unke, heute Abend mache ich uns ein gigantisches Ossobuco, anschließend ertränken wir unseren Weltschmerz in Deinem Ripaso und morgen zeig ich Dir, wie man richtig Golf spielt".

Bodo schaut sie voller Zuneigung an. Sie gibt meinem Leben einen Sinn, denkt er, was würde ich nur ohne sie machen.

***

248

54

1,8 Lichtjahre von der Erde entfernt, fragt der Vorsitzende des Rates seinen Zukunftsminister nach dem Stand der Vorbereitungen.

„Wir sind auf sehr gutem Weg" sagt der „bei zwei Planeten haben unsere Maßnahmen gegriffen; beim dritten Planeten mussten wir leider erkennen, dass der Entwicklungsstand der dortigen Lebewesen eine flächendeckende Verbreitung nicht zuließ.

Von den beiden anderen bringt die Erde die besten Voraussetzungen mit. Unsere Anforderungen an eine Besiedlung werden weit übertroffen. Wie Sie es gewünscht haben, wird die Übernahme der Erde friedlich erfolgen.

In etwa 50 Jahren wird dort kein intelligentes Leben mehr vorhanden sein. Wir haben also genügend Zeit, unsere Vorbereitungen zu treffen".

„Ich danke Ihnen, hervorragende Arbeit".

ENDE

Zum Autor:

Herbert M. Winter wurde 1949 in der Nähe von Frankfurt a.M. geboren. Er ist Banker und Betriebswirt und arbeitete viele Jahre in Führungspositionen in der Finanzbranche, zuletzt in einer der größten Investmentgesellschaften Europas.
Er ist verheiratet, hat drei Kinder und lebt nach wie vor im Rhein-Main-Gebiet.